Entre gingas e berimbaus
Culturas juvenis e escolas

Cultura, Mídia e Escola

Entre gingas e berimbaus
Culturas juvenis e escolas

Carla Linhares Maia

autêntica

Copyright © 2008 by Carla Linhares Maia

COORDENADORA DA COLEÇÃO
Sandra Pereira Tosta

CONSELHO EDITORIAL
Marco Antônio Dias – Universidade Livre das Nações Unidas; *Tatiana Merlo Flores* – Instituto de Investigación de Medias e Universidade de Buenos Ayres; *Paula Monteiro* – USP; *Graciela Batallán* – Universidade de Buenos Ayres; *Mírian Goldemberg* – UFRJ; *Neusa Maria Mendes de Gusmão* – Unicamp; *Márcio Serelle* – PUC Minas; *Angela Xavier de Brito* – Université René Descartes-Paris V; *José Marques de Melo* – USP e Cátedra UNESCO/Metodista de Comunicação; *Joan Ferrés i Prates* – Universidad Pompeu Fabra-Barcelona

CAPA
Patrícia De Michelis

REVISÃO TÉCNICA
Bruno Flávio Lontra Fagundes

EDITORAÇÃO ELETRÔNICA
Eduardo Queiroz; Tales Leon de Marco

REVISÃO
Tucha

Todos os direitos reservados pela Autêntica Editora. Nenhuma parte desta publicação poderá ser reproduzida, seja por meios mecânicos, eletrônicos, seja via cópia xerográfica, sem a autorização prévia da editora.

AUTÊNTICA EDITORA
Rua Aimorés, 981, 8º andar . Funcionários
30140-071 . Belo Horizonte . MG
Tel: (55 31) 3222 68 19
Televendas: 0800 283 13 22
www.autenticaeditora.com.br
e-mail: autentica@autenticaeditora.com.br

Dados Internacionais de Catalogação na Publicação (CIP)
(Câmara Brasileira do Livro, SP, Brasil)

Maia, Carla Linhares
     Entre gingas e berimbaus : culturas juvenis e escola / Carla Linhares Maia. – Belo Horizonte : Autêntica Editora, 2008.
(Coleção Cultura, Mídia e Escola / coordenadora Sandra Pereira Tosta)

     Bibliografia.
     ISBN 978-85-7526-325-9

     1. Capoeira (Luta) 2. Cultura 3. Juventude – Educação I. Tosta, Sandra Pereira. II. Título. III. Série.

08-03687   CDD-469.503

Índices para catálogo sistemático:
1. Capoeira, jovens e escola : culturas
juvenis : Sociologia educacional 306.43
2. Jovens, capoeira e escola : culturas
juvenis : Sociologia educacional 306.43

Ao Júlio,
ao Bruno e à Júlia,
amores transcendentes.

Singeleza

Abre-se a cancela do jardim
Com a docilidade da página
Que uma freqüente devoção interroga
E dentro os olhares
Não precisam deter-se nos objetos
Que já estão cabalmente na memória.
Conheço os costumes e as almas
e esse dialeto de alusões
que todo agrupamento humano vai urdindo.
Não necessito falar
Nem mentir privilégios;
Bem me conhecem aqueles que aqui me rodeiam,
Bem sabem minhas penas e minha fraqueza.
Isso é alcançar o mais alto,
O que talvez nos dará o Céu:
não admirações nem vitórias
mas simplesmente ser admitidos
como parte de uma Realidade inegável,
como as pedras e as árvores.

Jorge Luis Borges

Agradecimentos

Aos professores da Escola Sédna, que se dispuseram a dar seu tempo, atenção e depoimentos durante toda a pesquisa.

Aos professores Francisco Liberato Póvoa e José Henrique Diniz, já distanciados da docência na escola, mas não da Educação, pelo recuo no tempo e pelos fios da memória.

À equipe pedagógica e aos funcionários, pela contribuição para que a pesquisa de campo fosse realizada.

Aos capoeiristas, especialmente, em nome do mestre Cavalieri, que me recebeu em sua casa para contar sobre a capoeira em Minas Gerais.

Ao professor Costela e aos jovens e às jovens estudantes da escola e parte do Grupo de Capoeira M.B, personagens centrais desta história e co-autores desse livro, pela acolhida e pela confiança em mim depositadas. Espero ter correspondido a tanto afeto e afirmo que, sem os depoimentos e pedaços de histórias deles, este livro não teria sido possível.

À Sandra, pela parceria e orientação afetuosa e exigente com que sempre se faz presente em minha vida.

Sumário

PREFÁCIO.. 13

ABRINDO AS CORTINAS – JUVENTUDES
E ESTUDOS DE JOVENS NO BRASIL............................... 17

CULTURA JUVENIL E COTIDIANO – A ESCOLA SÉDNA
E O COTIDIANO ESCOLAR.. 29

    Escola Sédna: localização, história em Belo Horizonte
    e itens para o cotidiano escolar.. 35

    Cenas juvenis na Escola Sédna e os sentidos da escola
    para os jovens.. 44

CULTURA SIMBÓLICA, JUVENTUDE E SABERES –
A INSTITUIÇÃO ESCOLAR E O GRUPO DE
CAPOEIRA M.B.. 67

    O Grupo de Capoeira M.B na Escola Sédna........................ 76

    Os rituais juvenis na escola e na capoeira como encenações..... 89

    Aspectos de trajetórias de vida.. 98

LINGUAGENS DO CORPO, ORALIDADE E SIMBOLISMOS – O GRUPO DE CAPOEIRA M.B, SABERES E INSTITUIÇÃO ESCOLAR... 105

O primeiro encontro com o Grupo, cenas juvenis simbólicas e decisões para a pesquisa...................................... 111

Saberes e identidades: o que a "Galerinha" diz da escola e do Grupo de Capoeira.. 114

A Roda de Capoeira e a Roda de Conversa: espaços de saberes e aprendizados... 125

FECHANDO AS CORTINAS – JUVENTUDE E ESCOLA BRASILEIRAS: DESAFIOS E DILEMAS............................. 137

REFERÊNCIAS.. 149

Prefácio

O livro, Entre gingas e berimbaus: um estudo de caso sobre culturas juvenis, grupos e escolas, que integra a coleção **Cultura, Mídia e Escola**, resulta de uma pesquisa realizada pela autora, Carla Valéria Linhares Maia, historiadora e professora da rede municipal de educação, à época, com um grupo de cultura juvenil formado por alunos de uma escola pública de Belo Horizonte, em 2003.

Enfrentando o desafio da interdisciplinaridade, a autora apropriou-se de uma abordagem histórico-antropológica e, nela, realizou uma etnografia corretamente compreendida como dimensão que institui o conhecimento antropológico. Sem dúvida, o cuidado e o rigor com que a pesquisa foi realizada, sua consistência teórica e metodológica e o olhar sensível com que Carla Valéria acompanhou por quase um ano, entre indas e vindas no "sítio", o cotidiano do grupo, na escola e fora dela, sinalizam para uma produção de qualidade que deve ser a marca da atividade presente na academia.

Desde a escolha da escola e do grupo de cultura – no caso um grupo de capoeira – a serem pesquisados e o diálogo permanente que a autora mantém com seus referenciais teóricos, todos eles articulados de modo irrepreensível, imprimem a esse livro a marca de um texto que muito pode contribuir para a formação e a prática de profissionais da educação e da mídia em geral, especialmente professores de qualquer modalidade de ensino.

Revelando a cultura como mecanismo simbólico que estrutura relações sociais e ousando realizar uma pesquisa em campos fronteiriços do conhecimento, como História, Antropologia, Sociologia e Pedagogia, o livro aborda de modo original a temática de grupos culturais juvenis como espaços de aprendizagem e de socialização na relação com a escola, que, em geral, está "ausente" desse mundo dos jovens alunos.

Fato importante considerado neste livro é que as informações sobre os jovens, nestes pouco mais de quinhentos anos de história brasileira, ainda se encontram fragmentadas e dispersas nas pesquisas sobre a história da família, da mulher, da criança, da educação ou nos estudos demográficos. E nos poucos estudos existentes o foco não é exatamente o aluno, mas a instituição escolar.

Fato que evidencia a necessidade da realização de pesquisas na área da Educação em que os alunos sejam o foco privilegiado de análises que extrapolem os muros da escola, para conhecer os jovens em outros espaços, além dos tradicionalmente reconhecidos, como a família e a comunidade. Da mesma forma, torna-se evidente a necessidade da inserção das variáveis culturais como *gênero* e *etnia*, entre outras, na construção de discursos sobre os alunos.

Diante desse cenário, a autora privilegiou uma questão que está na ordem do dia e sugeriu algumas respostas, ou formulou novos questionamentos: Quem são nossos jovens alunos procedentes de camadas pobres da população, vivendo e vivenciando cenários de violência e de risco social? Como eles significam seus processos de escolarização e que estratégias inventam para dar conta de vivenciar numa sociedade cujo traço tem sido, historicamente, o da exclusão e da adversidade para com eles? Como se compreendem, interagem e pensam seus projetos – exercem o protagonismo juvenil – em uma sociedade onde a mídia exerce uma influência indiscutível, não apenas construindo discursos ou representações acerca deles, que nem sempre correspondem à sua realidade, como oferecendo-lhes modelos de convivência e de socialização, o que quer dizer diretamente da constituição identitária desse sujeitos?

E como Carla Valéria bem revela, esses jovens com os quais dialogou não estão isolados do restante do mundo; vivem em uma sociedade globalizada e complexa em que informações, imagens, crenças e tradições muito diferentes circulam pelos espaços e pelas instituições das grandes metrópoles, de maneira rápida e fragmentada. Jovens, que, indiferentes à sua condição econômica, entram em contato e interagem com essas diferentes situações.

Essas e tantas outras inquietações e conflitos que rondam a escola na interação com o entorno e com seus alunos encontram neste livro uma reflexão séria que sinaliza de modo contundente para o quanto a instituição escolar necessita encurtar ou, preferencialmente, eliminar a distância entre seus projetos e os de seus alunos. O abismo entre o mundo da escola e o mundo do jovem, mostra, na verdade, a ausência de diálogo provocado pelo desconhecimento mútuo entre os participantes de um mesmo mundo e contexto, cindidos pelo não-exercício das alteridades e da comunicação efetiva.

Finalmente, quero destacar a importância e a atualidade deste texto, cuja narrativa flui com sensibilidade, elegância e clareza para qualquer leitor, e sua real contribuição para pensarmos juventude, escola e culturas no protagonismo dos primeiros como sujeitos de direitos e de deveres; sujeitos que sonham, pensam no futuro, agem em favor deste e desejam uma sociedade mais igual e mais justa e na afirmação da escola como lugar de aprendizagens e da pluralidade cultural.

Parabéns à Carla, e a nós, por tê-la na coleção **Cultura, Mídia e Escola**. Parabéns aos leitores que encontrarão nesse livro desafios com os quais aprendemos e apreendemos a complexa trama social vivenciada no tempo presente!

Prof. Sandra de F. Pereira Tosta
Coordenadora da coleção Cultura, Mídia e Escola

Abrindo as cortinas – juventudes e estudos de jovens no Brasil

Este livro nasceu de minha dissertação de mestrado em Educação defendida na PUC Minas, em 2004.

Ele trata de jovens, grupo de capoeira e escola, bem como de diferentes expressões culturais juvenis em dois cenários: uma escola pública municipal de Belo Horizonte que atende uma população ampla de jovens e um grupo de capoeira que reúne diversos jovens no espaço dessa mesma escola. Cenários sobrepostos e interligados, com várias cenas e atores em comum, porém com textos e enredos distintos e desencontrados.

Os grupos juvenis organizados com certa informalidade e fluidez, em torno de atividades esportivas, artísticas, religiosas, políticas e culturais constituem na atualidade espaços privilegiados de socialização e formação de identidades dos jovens. Na escola encontramos um grande número de jovens convivendo em um espaço institucionalizado e demarcado por regras e tempos estabelecidos tradicionalmente para formação e transmissão de cultura às novas gerações.

Neste livro, descrevem-se e interpretam-se vivências juvenis, buscando o conhecimento e a compreensão das diversas expressões das culturas construídas e introduzidas no cotidiano escolar por jovens alunos e os modos como a escola se relaciona com eles, por seus educadores e projetos político-pedagógicos.

Segundo dados do Censo 2000 e PNAD, 1995, mais de 85% dos jovens do mundo vivem hoje nos países em desenvolvimento, e o Brasil, sozinho, é responsável por cerca de 50% dos jovens da América Latina e 80% dos jovens do Cone Sul. Atualmente, o Brasil passa por um período denominado de "onda jovem", com uma ampliação da população na faixa etária de 15 a 24 anos. O País tem uma população jovem de 34.081.330 e, desse total, 84,5% estão matriculados em alguma escola, sendo a maioria em estabelecimentos públicos.

Segundo o perfil da juventude brasileira apresentado pela ONG Ação Educativa em 2004, a população brasileira na idade entre 15 e 24 anos sofre uma dupla situação de desigualdade: a dos jovens do meio rural e das pequenas cidades do Norte e Nordeste e a de uma nova desigualdade que tem no jovem das periferias das cidades sua principal vítima.

Os jovens formam o maior grupo etário brasileiro, e na última década aumentou o índice de escolaridade, mas diminuíram as chances da inserção deles no mercado de trabalho, criando esta nova condição de exclusão nas cidades. Sessenta por cento dos jovens brasileiros trabalham mais de quarenta horas semanais, e questiona-se se esse jovem pode conseguir estudar nessas condições. Essa situação aponta a relevância social e científica de pesquisas que tematizem essa parcela da população e cujos resultados sejam inseridos, por exemplo, nos currículos de formação docente.

É tendo em vista a relevância de pesquisas que criam subsídios a fim de lidar com jovens que a investigação de que resultou este livro se justifica.

Minha busca era por grupos organizados pelos próprios jovens, e não de iniciativas de órgãos públicos.

Pretendia realizar a pesquisa em uma escola onde houvesse grupos juvenis em que os próprios jovens *protagonizassem* o espetáculo. Buscava grupos em que a participação desses jovens não fosse compulsória nem fizesse parte de alguma entidade pública ou projeto social organizado por entidades filantrópicas ou de assistência, laica ou religiosa, mas que fosse de iniciativa e responsabilidade dos próprios atores juvenis.

No Brasil, a literatura mais atual sobre juventudes no campo da Educação tem enfatizado a necessidade do reconhecimento, pelos educadores, de diferentes espaços e estratégias de socialização e formação identitária dessa parcela da população. Essa literatura postula que é preciso identificar nessa parcela da população suas linguagens culturais que expressam angústias e desejos, falam da miséria e do desemprego, da discriminação policial, da falta de perspectivas e que exprimem a busca de alternativas e projetos de vida dignos para a vida deles.

Os grupos culturais juvenis também podem, e devem, ser vistos como espaços educativos como a escola. Existe uma diferença importante entre a escola e alguns grupos juvenis, uma vez que nos grupos os jovens podem ser atores, elaborando e implementando suas práticas educativas e de vida.

Esta pesquisa, realizada em uma escola e com um grupo juvenil inseridos em um espaço urbano periférico, vivendo em contextos urbanos diversificados, não poderia falar de uma cultura juvenil monolítica, mas, sim, das diferentes expressões culturais que emergiram do grupo de jovens aqui referidos.

Esses jovens não estão isolados do restante do mundo, mas vivem em uma sociedade globalizada e complexa, em que informações, imagens, crenças e tradições muito diferentes circulam pelos espaços e instituições – bairros, vilas, favelas, aglomerados, escolas, grupos, igrejas, dentre outros – das grandes metrópoles, de maneira rápida e fragmentada. De alguma forma, os jovens entram em contato em diferentes situações.

No Brasil, no campo da História, a temática dos jovens ainda não se constituiu um campo de pesquisa da mesma forma como ocorreu com a mulher, a criança ou a família. Essa ausência pode ser claramente percebida e exemplificada na publicação organizada por Sâmara (2002), onde, com base no *Seminário Brasil 500 anos: historiografia brasileira em debate*, promovido pelo Centro de Estudos de Demografia da América Latina (CEDHAL-USP), em 1999, a autora debate os rumos da historiografia brasileira atual.

Dentre os temas identificados e problematizados por ela, como os que "refletem as preferências dos estudiosos e revelam o perfil desta historiografia", não estão a juventude ou a história dos jovens.

As informações sobre os jovens, nesses pouco mais de quinhentos anos de história brasileira, encontram-se fragmentadas e dispersas nas pesquisas sobre a história da família, da mulher, da criança, da educação ou nos estudos demográficos. O livro *Domínios da história,* organizado por Cardoso e Vainfas, (1997) – em que se apresenta um "panorama dos estudos históricos neste final do século" – confirma não haver destaque para os jovens ou a juventude como um campo de pesquisa da história contemporânea como o faz para a história da família e da mulher. Há um evidente silêncio histórico que persiste nos estudos sobre os jovens brasileiros.

É necessário enfatizar que não estou dizendo que não existem estudos sobre juventude no campo da história no Brasil. Se percorrermos a vasta bibliografia brasileira contemporânea, com certeza encontraremos estudos sobre juventude no Brasil. A leitura das obras de referência sobre a historiografia brasileira atual, porém, indica que a juventude ainda não se constituiu como uma linha de pesquisa específica.

Spósito, em *Estado do Conhecimento sobre Juventude e Educação* (2002), identificou e analisou um universo de 1.167 teses e 7.500 dissertações, totalizando 8.667 trabalhos na área da Educação. Nesse levantamento, foram consideradas as teses e dissertações defendidas no período de 1980-1998 nos cursos de pós-graduação em Educação no Brasil. Nesse conjunto, foram identificadas 332 dissertações e 55 teses que focalizavam a temática *juventude e educação*, o que corresponde a apenas 4,4% da produção total na área.

Esse estudo demonstra que os jovens são pouco focalizados nas pesquisas realizadas nos cursos de pós-graduação, fato surpreendente, dada a importância político-social desse segmento no contexto atual, seja em relação aos problemas a que se encontra associado – drogas, violência, etc. –, seja pela função crescente de legitimação do poder político com o exercício do voto. Nesse mesmo trabalho, Dayrell (2001) destaca que o foco da maioria desses estudos não é o aluno, mas a instituição escolar, estudada com base nos discursos, concepções, comportamento e atitude dos alunos.

Spósito e Dayrell (2001) enfatizam a necessidade da realização de pesquisas na área da Educação, no qual os alunos sejam o foco privilegiado das análises. Análises que extrapolem os muros da escola para conhecer os jovens em outros espaços, além dos tradicionalmente reconhecidos, como a família e a comunidade. Da mesma forma, torna-se evidente a necessidade da inserção das variáveis culturais como *gênero* e *etnia*, dentre outras, na construção de discursos sobre os alunos como jovens e em sua condição de sujeitos sociais e de direitos. É em razão da importância político-social desse segmento jovem no contexto atual brasileiro e tendo em vista a necessidade de foco sobre ele que este livro mais ainda se justifica.

Essa lacuna dificulta e empobrece as pesquisas no campo da educação que poderiam se alimentar desta fonte histórica na empreitada de compreender os jovens e as culturas juvenis que povoam o cotidiano escolar.

Na intenção de compreender os jovens sob a perspectiva histórica, comparando as formas atuais de comportamentos, de vestir, de falar e de atribuir sentidos a esse momento da vida, dois percursos se apresentam. Pode-se ter como parâmetros os estudos realizados sobre a juventude na França, nos Estados Unidos – dentre outros países que possuem dados mais consistentes – ou garimpar as informações sobre os jovens no Brasil, nos relatos e estudos existentes nos diversos campos das Ciências Sociais[1].

Não se pode deixar de fazer referência aos inúmeros estudos realizados em vários campos das Ciências Sociais, mas principalmente na Sociologia, na História, nas Ciências Políticas e na Antropologia, cuja abordagem buscou analisar os movimentos de juventude vinculados aos movimentos sociais, principalmente os movimentos operários, estudantis e as políticas eclesiais da instituição católica no Brasil. Quanto a este último aspecto, trata-se de estudos que examinaram detidamente a participação política da juventude via expressão religiosa como parte do sistema social nesses grupos denominados JAC, JEC, JIC, JOC, JUC, como referência explícita aos diversos segmentos de jovens: estudantes, independentes, operários, universitários.

---

[1] Cf. BEOZZO, 1989.

Para entender a contribuição da Sociologia, busquei abrigo em Abramo (1994) no desenvolvimento da temática da juventude no campo da educação.

Em seu livro *Cenas juvenis; punks e darks no espetáculo urbano* (1994), a autora informa que até a década de 1980, no campo da sociologia, o tema da juventude não teve grande desenvolvimento no País. No seu entendimento, essa temática somente se tornou mais relevante como objeto de investigação no Brasil nos últimos vinte anos.

Para ela, a preocupação da sociologia brasileira anterior à década de 1980 "recaiu sempre sobre o papel da juventude como agente político, sobre a sua capacidade de desenvolver uma postura crítica e transformadora da ordem vigente" (ABRAMO, 1994, p. 22). E, desse ponto de vista, o jovem era visto como "sujeito em busca de mobilização e de mudança social" e o foco de interesse dos estudos nesse período, tanto no Brasil quanto em todo continente latino-americano, estaria prioritariamente dirigido à participação juvenil nos movimentos estudantis.

No entanto, segundo Abramo, percebe-se que o cenário para os estudos muda profundamente a partir de 1970 por dois fatores principais: por um lado, o refluxo vivido pelos movimentos estudantis, que passaram a perder sua expressividade em razão do contexto político da ditadura militar; e, por outro, a visibilidade que outras formas de grupos juvenis passaram a obter no espaço da mídia. Na década de 1980, a maioria dos acontecimentos que colocaram em evidência a juventude "parecia estar ligada à formação das tribos (bandos, estilos, subculturas, culturas), ligada a determinados estilos musicais e modos espetaculares de aparecimento", explica a autora.

A partir desse período, os estudos no campo das Ciências Sociais buscarão acompanhar e entender essa mudança no cenário e na condição juvenil contemporâneos.

Ao final da década de 1990, estudos como os organizados por Vianna (1997) sobre as "galeras cariocas"; Herxchmann (1997, com o tema *"Funk e o hip-hop*, globalização, violência e estilo cultural"); Novaes (1999), sobre as juventudes cariocas, focam a relação dos jovens com a religião, com a cultura – principalmente a "cultura do medo" – a participação em grupos culturais e de ações sociais. Esses estudos evidenciam a importância que a temática começa a alcançar, bem como a mudança no foco e na perspectiva de análise na antropologia e na sociologia para os debates sobre a juventude.

Esses estudos trouxeram grande contribuição para o campo da Educação, uma vez que procuraram entender e mostrar os novos movimentos e expressões culturais juvenis, questionando uma imagem reducionista e estereotipada da juventude: ora associada ou limitada aos estudantes – o que levava a considerar a geração atual como apática, alienada, individualista e despolitizada; ora uma imagem do jovem como problema associado ao tráfico de drogas e à violência.

Nesse fluxo da retomada dos debates sobre juventude no País, na última década, pesquisadores como Abramo, Spósito, Novaes, Guimarães, dentre outros, têm desenvolvido pesquisas, fóruns de debates e estudos mais amplos e aprofundados sobre o tema da juventude, privilegiando os jovens moradores das periferias dos grandes centros urbanos. Nesse período, a bibliografia específica no campo da Educação aumentou, e vem aumentando gradativamente, trazendo diferentes perspectivas por meio do diálogo com outros campos do saber como a sociologia e a antropologia. Podemos citar como exemplos dos esforços desta recente produção o livro de Guimarães *Escolas, galeras e narcotráficos* (2002) e os estudos de Dayrell (2001), sobre o rap e o funk na socialização da juventude, e de Magro (2002) sobre funkeiros, timbaleiros e pagodeiros.

Em 2003, o lançamento dos livros de Carrano, sobre juventudes e cidades educadoras e o de Spósito, sobre o perfil atual das condições das juventudes brasileiras, incrementaram o debate acerca da questão e contribuíram para amadurecer a discussão sobre o próprio conceito de jovens e juventudes, bem como para repensar o papel da escola e de outros espaços educativos na vida desse segmento da população. É na esteira desse movimento e com essa motivação que surge este livro.

Esses estudos vieram compor um mosaico mais diversificado e ampliado sobre os diferentes contextos em que vivem os jovens no Brasil. Aprofundam as reflexões sobre a relação das juventudes com a escola, e, principalmente, com outros espaços de socialização juvenis, como os grupos culturais ligados à música e à dança e outras expressões, bem como com a mídia e espaços onde ocorre uma socialização para a violência, a criminalidade – qual seja, o espaço do narcotráfico. Esses debates e publicações sobre o tema da juventude vêm modificando as formas de pensar a juventude no Brasil e, principalmente, podem permitir aos educadores repensar a relação da escola com os jovens.

Utilizei aqui uma abordagem histórico-antropológica e, nela, a etnografia. Realizei, entre indas e vindas no "sítio", dez meses de observação efetiva e mais sistemática do cotidiano escolar e do grupo juvenil em 2003.

A observação ocorreu em diferentes espaços e situações escolares, tais como pátio, quadra e ginásio, recreio, entrada e saída dos turnos, treinos, Rodas e encontros do grupo de capoeira. Desenvolvi também uma pesquisa de campo com o Grupo de Capoeira M.B. Seguindo a perspectiva etnográfica, mergulhei no cotidiano desse grupo direcionando meu olhar, especialmente, para um grupo de jovens que denominei "Galerinha da Capoeira". Essa "Galerinha" era formada, em sua maioria, por alunos e ex-alunos da escola, a Escola Sédna, meninos e meninas na faixa etária de 13 a 20 anos, estudantes dos últimos ciclos do ensino fundamental e do ensino médio.

Como procedimento metodológico principal, optei pela observação participante prolongada do campo, priorizando a análise qualitativa dos dados. Na pesquisa, os fatos foram sendo observados, descritos, confrontados e interpretados em suas relações, expressões e manifestações no cotidiano da escola e do Grupo de Capoeira, para que pudessem revelar como diferentes expressões culturais interagem no cotidiano da vida escolar e demarcam a identidade distintiva dos jovens no nível simbólico.

A metáfora do teatro foi utilizada ao longo deste livro e comporta uma intencionalidade!

Ela traz uma riqueza de imagens e figuras: peças, atos, cenas, cenários, atores, enredos, textos, tramas, dentre outras. Essas imagens, muito utilizadas na contemporaneidade, traduzem o sentido que se buscou imprimir neste trabalho, ou seja: o fenômeno social *investigado como texto a ser lido*, representando uma cena do drama social contemporâneo de que se pode fazer uma interpretação possível! A intenção não foi tão-somente a de dar a voz para a "Galerinha da Capoeira" falar, mas interpretar suas falas como parte dessa grande metáfora da vida como teatro.

Torna-se necessário esclarecer, ainda, que me propus a fazer uma "descrição densa", nos termos de Geertz (1989).

A densidade da descrição não se refere a uma descrição materialmente densa, e sim a uma descrição "semanticamente" densa. Para Geertz, a densidade de uma descrição está na capacidade de o pesquisador conseguir *ler* o conteúdo simbólico de uma ação, interpretando-a em busca do significado. Essa capacidade é que permite ao observador distinguir um reflexo insignificante, uma leve contração muscular ou um relance de olhos, por exemplo, de um recurso comunicativo conscientemente empregado, como uma piscadela.

Essa perspectiva da Antropologia Histórica trouxe a esta investigação a possibilidade de alcançar uma compreensão maior do universo cultural juvenil. Com ela, foi possível instrumentalizar "a interpretação das culturas" dos jovens pesquisados com base no que eles diziam –, mas também do que "não diziam" – do que deixavam entrever em suas práticas cotidianas, pelos rituais, códigos e estratégias que criavam para expressar seus valores e construir seus referenciais de mundo.

A pesquisa se iniciou em 2002, mas o processo de investigação mais sistematizado somente ocorreu a partir do início de 2003.

Na investigação – com duração total de dez meses, entre pesquisa exploratória, decisões e pesquisa de campo – foram realizadas dezessete entrevistas com dois professores aposentados da Escola Sédna; quatro professores atuais, lecionando nos turnos da manhã e da noite; um mestre de capoeira, responsável pela introdução da capoeira em Minas Gerais; o monitor, responsável pelo Grupo de Capoeira M.B; e nove jovens desse Grupo. Dos quatro professores, um gravou entrevista e os outros três optaram por responder por escrito, dado o acúmulo de atividades no horário de trabalho.

Foram utilizadas diferentes técnicas de levantamento de dados e de conhecimento dos sujeitos da pesquisa, tais como questionário, entrevistas formais e informais, diário de campo, registros fotográficos, longas conversas com atuais e ex-alunos, antigos e novos professores, funcionários e equipes pedagógicas.

Mais exatamente, fizeram-se: *observação participante e descrição detalhada* do cotidiano dos jovens no grupo selecionado, nas atividades dentro da escola e também fora dela; *entrevistas semi-estruturadas com o coordenador* do Grupo e com os jovens que constituíam a "Galerinha da Capoeira", ou seja, os jovens mais assíduos e participativos no Grupo, e também alunos ou ex-alunos da escola; *aplicação de um questionário* a todos os jovens participantes do Grupo para composição de um perfil socioeconômico; *observação do cotidiano* da escola no turno da manhã, mapeando as expressões e vivências de culturas juvenis no espaço escolar; *observação do turno da noite* da escola, privilegiando o espaço da oficina de capoeira no projeto Sexta Cultural; *entrevistas semi-estruturadas com professores* atuais e antigos da escola, para a coleta de dados que permitisse compreender a história, a cultura da escola e a relação com as culturas juvenis; *e pesquisa documental e bibliográfica* para reconstrução da história da escola.

Por solicitação da direção da Escola Sédna pesquisada e, conforme as orientações que regulamentam o código de ética na ciência, todos os dados que pudessem levar imediatamente à identificação da instituição foram nomeados ficticiamente. Assim, os nomes da escola, do Grupo de Capoeira, do bairro e da região, bem como de todos os entrevistados e/ou envolvidos diretamente na pesquisa foram modificados ou omitidos.

Eventualmente, utilizo neste livro trechos de meu diário de campo e de entrevistas com alunos e professores.

Assumiu-se o desafio de não tomar o espaço da escola e o espaço do grupo juvenil como separados, cindidos ou fragmentados. Escola e Grupo foram considerados, neste livro, como *locus* de interação do público juvenil, buscando observar como eles se constituem como espaços de socialização, construção e transmissão de valores e visões de mundo para os jovens.

Cultura juvenil e cotidiano – a Escola Sédna e o cotidiano escolar

O historiador Eric Hobsbawm, em *Era dos Extremos: o breve século XX –1914-1991* (1995) se refere, no capítulo sobre a Revolução Cultural, ao surgimento, na década de 1950, do que ele denomina de uma "nova cultura juvenil", por reconhecer que tanto os grupos etários quanto a relação juventude-expressões culturais não são novidades nas sociedades (HOBSBAWM, 1995, p. 317-319).

Para ele, "a novidade da nova cultura juvenil era tripla": primeiro, a juventude deixou de ser vista como estágio preparatório para a vida adulta e, em certo sentido, passou a ser percebida como o estágio final do pleno desenvolvimento humano, levando a um juvenescimento da sociedade; depois, ela era, ou tornou-se, dominante nas economias de mercado desenvolvidas; e, por fim, o seu "espantoso" internacionalismo; ou seja, passou a existir uma cultura jovem global.

Uma investigação sobre jovens e culturas juvenis não poderia desconsiderar a complexidade e historicidade destas relações e noções; historicidade que deve ser entendida como instrumento para maior compreensão do fenômeno cultural estudado, na busca de construir uma interpretação mais "densa", e não no sentido de buscar a gênese e, assim, estabelecer uma relação linear e evolutiva do objeto da pesquisa. Em síntese: buscou-se, aqui, *pensar com a História*[2] a relação contemporânea juventude, cultura e culturas juvenis.

Olhando retrospectivamente, e uma vez mais *pensando com a História*, o artigo de Fabre (1996), presente na coletânea *História dos jovens*, traz importantes subsídios a esta investigação ao evidenciar espaços, formas e estratégias de jovens anteriores ao século XIX, na Europa, na busca em distinguir-se dos adultos e das crianças pela forma de se vestir, de falar, de se comportar e até de se alimentar.

Não que a cultura juvenil, tal qual a concebemos atualmente, tenha surgido antes da década de 1950, como uma extensa literatura identifica, mas, necessariamente, é preciso relativizar a imagem de uma invenção contemporânea da busca de uma distinção da juventude por meio da cultura visual ou estilo cultural. É preciso pensar com a História para se buscar perceber o que realmente existe de "novidade" nessa cultura juvenil; ou melhor, culturas juvenis contemporâneas.

Os jovens que tomaram parte da pesquisa deste livro, apesar de compartilhar uma realidade socioeconômica semelhante, estudar na mesma escola e participar do mesmo grupo, poderiam atribuir sentidos e significados distintos aos respectivos espaços e às atividades cotidianas que praticavam.

Observei longa e atentamente o cotidiano desses jovens a fim de captar suas formas próprias de ver o mundo,

---

[2] Ao usar a expressão "pensar com a História", estou utilizando a expressão-título do livro do historiador Carl Shorcker. Para maiores detalhes, ver: SHORCKER, 2001.

de estar na Escola Sédna e em outros espaços para eles significativos, especialmente o Grupo de Capoeira M.B.

Perceber que sentidos esses jovens estão imprimindo a suas ações cotidianas, seja ao exercer qualquer atividade, seja ao tomar determinada decisão, pois é nessa esfera da vida, nas práticas rotineiras e interações com os pares, professores e funcionários que os jovens, alunos, constroem suas referências de mundo e forjam sua própria identidade.

Com Certeau (2003) entendi que é no viver cotidiano que esses jovens encontram situações e constroem as categorias que serão as ferramentas utilizadas na elaboração de estratégias e "modos de fazer" peculiares e, desse modo, traçar sua própria trajetória de vida. A forma de entender o cotidiano em Certeau não se opõe, no âmbito da pesquisa deste livro, à proposta de Heller (2000), mas, ao contrário, dela se origina, e ambas se complementam.

Tanto em Heller quanto em Certeau, é possível entender que o cotidiano é o lugar da reprodução da vida social, o lugar que garante a permanência e o funcionamento *da* ou *das* sociedades, comunidades, escolas ou grupos.

É o lugar do repetitivo, do habitual, do mecânico e do espontâneo que, por meio dessas características, mantém e reproduz as estruturas e as culturas. O cotidiano *não é* sinônimo de dia-a-dia, mas é o lugar ou a esfera da vida de todo ser humano que o antecede, que o *preexiste*.

Seguindo Heller (2000), é o lugar onde todo ser humano já nasce inserido e, em certa medida, lugar que determina *como* e *o que* deve pensar, fazer, comportar, dentre outras ações. Ousando muito, provavelmente o cotidiano é o lugar onde as "teias de sentidos e significados", como diz Geertz (1989), são construídas e por onde os seres humanos se encontram suspensos.

Para Ezpelleta e Rockwell (1989, p. 21), aproximar-se da escola com a idéia de "vida cotidiana" significa algo mais que "chegar" e "observar", o que ocorre diariamente em seus corredores, salas de aulas, dentre outros espaços. Trata-se, antes, de uma postura teórico-metodológica, uma "orientação; trata-se de certa busca e de certa interpretação daquilo que pode ser observado na escola". As autoras afirmam, ainda, que o estudo do cotidiano evidencia que é por meio das práticas permanentes e da apropriação por sujeitos individuais que se reúnem na escola – como professores e alunos – que surge a diversificação, a alteração, a historicização da realidade escolar.

As autoras observam que em muitos casos da realidade que analisaram – um conjunto de quinze escolas rurais do México, ainda na década de 1980 – existia grande distância e divergência entre o que era estabelecido pela legislação, por meio das normas, e o que efetivamente acontecia no interior da escola.

Registraram, mediante observação do cotidiano dessas escolas, que os alunos não se apresentam como meros espectadores e receptores dos conhecimentos, das normas e regras instituídas, e os professores não podiam ser definidos de forma generalizante como agentes reprodutores da ideologia do Estado. Professores e alunos não se apresentam como meros espectadores e receptores de saberes, normas e valores prontos, mas têm uma certa autonomia com relação ao que é instituído oficialmente, criando formas e estratégias próprias para lidar com este instituído.

O que é instigante – e que se ressalta na investigação de Ezpelleta & Rockwell – é a afirmação das pesquisadoras de que os alunos observados por elas seriam "sabedores" da existência de uma fronteira entre os saberes escolares e os não escolares e, assim, burlavam o monopólio cultural da escola.

A vida cotidiana da escola, apesar do componente de reprodução e alienação em que os diferentes indivíduos se encontram imersos e presos, contém, também, como indica Heller e Certeau, espaço e condições para que esses indivíduos saiam da dimensão cotidiana e alcancem a dimensão não cotidiana, ou seja, transformem-se em sujeitos reflexivos e capazes de elaborar saberes e estratégias próprios.

Esse fato mobilizou minha investigação, e mergulhei no cotidiano dos jovens na escola e no Grupo de Capoeira a fim de verificar se os jovens percebem – e, percebendo – de que forma *explicitam, falam, nomeiam* e *se relacionam* com essa distância: distância posta entre os saberes, valores e comportamentos definidos pela escola e outro conjunto de valores, saberes e comportamentos por eles construídos dentro e fora do ambiente escolar.

Em outros termos, desejei verificar a vida cotidiana de uma escola e um grupo juvenil para perceber esta possibilidade transformadora da vida cotidiana, se alunos jovens – adquirindo uma consciência "para si" – conseguem sair da condição de alienação a ela inerente, e se, percebendo as fronteiras entre os saberes e valores escolares e os não escolares, criam estratégias, novos saberes e valores na busca por um lugar próprio para si.

As juventudes evidenciam a diversidade de formas de viver, expressar e representar próprias desta categoria, e se entende, assim, que falar de cultura juvenil remete a formas diferenciadas de estar no mundo, de ser jovem e de expressar estas vivências. O que há são "culturas juvenis" – sempre no plural, considerando, com Dayrell (2001, p. 20), que o termo "cultura juvenil" expressa:

> um conjunto de significados compartilhados, um conjunto de símbolos específicos que expressam a pertença a um determinado grupo, uma linguagem com

seus específicos usos particulares, rituais e eventos, por meio dos quais a vida adquire sentido.

Também não se encontram expressões culturais juvenis "puras", vindas de suas comunidades de origem, bastante "mestiças", "mescladas" historicamente no contato constante com outros referenciais culturais.

Porque é importante considerar, ainda, o papel das misturas e miscigenações culturais presentes nas cidades brasileiras desde suas origens, até mesmo na cidade de Belo Horizonte, historicamente marcada por múltiplos processos de imigração e migração, principalmente no século XX.

Esses processos colocaram, e ainda colocam, em contato e em trocas permanentes indivíduos e grupos de diferentes matrizes culturais.

Esse quadro se aprofunda e se complexifica diante da influência da mídia na formação das culturas juvenis, entendendo que os meios de massa veiculam uma quantidade enorme de imagens e informações que esses jovens consomem e incorporam às suas próprias experiências e referências particulares, *re*-elaborando, *re*-significando e produzindo culturas mestiças (GRUZINSKI, 2001)[3], ou expressando um hibridismo cultural, seguindo a interpretação de Canclini (2000)[4].

---

[3] Refiro-me ao livro *Pensamento mestiço*, onde Gruzinski (2001) se refere à mestiçagem de práticas e crenças, imagens, ocorridas a partir do século XVI em solo americano a partir dos encontros dos quatro continentes: Ásia, África, América e Europa.

[4] Refiro-me ao livro *Culturas híbridas: estratégias para entrar e sair da modernidade*, onde Canclini (2000) formula sua interpretação sobre o fenômeno da hibridação cultural presente nos países latino-americanos na atualidade.

Escola Sédna:
localização, história em Belo Horizonte e itens para o cotidiano escolar

A região Saturno, onde se localiza a Escola Sédna, abrange uma área territorial de 32,10 km² situada, grande parte, na cidade de Belo Horizonte, com uma parte menor localizada em um distrito vizinho.

Em 2001, de acordo com dados da Prefeitura de Belo Horizonte, concentrava 268.124 habitantes, com densidade demográfica em torno de 6.030.033 habitantes por km². O conjunto de sua população está distribuído em 37 bairros oficiais e 105 bairros e vilas e conjuntos habitacionais clandestinos. Nestas últimas concentram-se um terço do total de sua população.

A região apresenta um padrão urbanístico precário, contrariando o padrão de ocupação inicial da cidade, marcado pelo planejamento, mas profundamente demarcado pelo padrão histórico de ocupação da região periférica da cidade, que, desde a década de 1920, foi caracterizada pelo improviso e pelo inacabado. De acordo com dados da Prefeitura de Belo Horizonte (Portal da Prefeitura Municipal de Belo Horizonte), a região apresenta uma configuração marcada pela heterogeneidade de condições socioeconômicas entre os bairros que a constituem.

Uma boa parte da região é uma extensão territorial e física que apresenta a mesma tipologia da região Centro-Sul de Belo Horizonte, e é ocupada pela classe média, com alta densidade demográfica e grandes contrastes sociais – com a presença de favelas e vilas em torno dos bairros nobres.

Concentra em sua extensão territorial enorme contraste econômico e social, contendo desde regiões com alto índice de qualidade de vida (IQV), até áreas com os mais baixos índices do município. Em relação à infra-estrutura urbana (limpeza, saneamento, energia elétrica, telefonia e transporte coletivo), os índices também são muito heterogêneos, predominando, porém, os níveis médio e baixo.

Apesar de diversos analistas considerarem, com razão, as duas últimas décadas do século XX como "décadas perdidas" em relação a aspectos econômicos, considerando que não houve melhoria no padrão de distribuição de renda para o todo da população brasileira, há um aspecto que precisa ser considerado positivamente.

Para Saviani (1981), essa década, em particular, merece ser vista sob outro prisma também: o prisma dos ganhos com relação a aspectos da organização e mobilização dos educadores, tendo em vista a fundação de associações e sindicatos, a política educacional de interesse popular, desencadeada no âmbito dos poderes locais democráticos, e o desenvolvimento da consciência dos professores, que abandonaram posturas de apatia ou ingenuidade identificadas aos anos de repressão.

A Escola Sédna tem sua origem como um grupo escolar em 1948, no contexto de luta por melhores moradias e surgimento dos primeiros bairros populares "planejados" no Brasil. Em 1952, a escola foi incorporada pela Prefeitura de Belo Horizonte, tendo um número superior a 600 alunos e inaugurando sua sede própria no bairro. A partir de 1963, passou a integrar o conjunto dos anexos do Colégio Municipal de Belo Horizonte.

Ampliando o olhar sobre o contexto histórico da escola e da ativa participação de moradores dos bairros do entorno ao longo dos anos, é possível afirmar que ele esteve bem situado no processo de participação democrática que se desenvolveu na década de 1980.

Considerando a data da inauguração, em 1952, até 1998, data da transferência para a nova sede no bairro

Mercúrio, foram 46 anos de história que se confunde com a história dos moradores do antigo bairro operário. Ligação identitária que, no meu entendimento, até hoje é parte constituinte da cultura da escola, a qual é constantemente evocada nos depoimentos de antigos e atuais professores, como também nos registros da memória do próprio bairro.

Nos primeiros anos da década de 1980, a comunidade escolar do Anexo Sédna iniciou um novo movimento para conseguir do Colégio Municipal de Belo Horizonte e da administração municipal algumas reformas e ampliações da sede da escola ou a construção de uma nova. Nesse período não havia interesse da comunidade de que a escola saísse do bairro onde estava há 34 anos, desde sua inauguração como grupo escolar. Esse movimento se arrastou por toda a década de 1980 até o final da década de 1990, quando, então, foi construído um novo prédio para a escola.

O movimento organizado pela comunidade da Escola Sédna mobilizou associações de bairros, a paróquia do bairro, e desenvolveu diversas ações, desde atividades de sensibilização e informação com os alunos e suas famílias até abaixo-assinados pedindo as reformas, estudos sugerindo locais e estruturas possíveis dentro do mesmo bairro, sempre reiterando o desejo da escola e dos moradores na permanência dela dentro do próprio bairro.

Em setembro de 1983, os moradores redigiram um abaixo-assinado endereçado aos representantes do Poder Público municipal protestando contra a ameaça da Prefeitura em retirar o Anexo Sédna de sua comunidade.

Aproveitando uma visita do então prefeito a um bairro vizinho, dentre as reivindicações dos moradores para o "programa participativo de obras prioritárias", o PROPAR, o primeiro item a constar da lista foi a "reforma e ampliação do Colégio Municipal-Anexo Sédna".

Os alunos do colégio também participaram do processo por meio de cartas escritas para os pais e autoridades alertando para a precariedade do prédio que abrigava a escola antes, e no dias 3 e 9 de junho de 1983 o jornal *Diário da Tarde* publicou reportagens referentes à luta desses alunos. Estes participaram de uma passeata protestando contra a falta de limpeza pública, de árvores e, principalmente, contra a permanência de um enorme buraco causado pelo rio Arrudas, "que já atinge a escola onde estudam, ameaçando-a de desabamento". O jornal publicou, também, uma entrevista com o diretor da escola sobre a mesma temática.

A administração municipal alegava que a escola não poderia continuar funcionando no antigo prédio por causa de um grande buraco que se formou na rua onde se localizava em decorrência do problema de um rio que passava ao fundo da escola. Os moradores, bem como os professores, corpo administrativo e pedagógico, alunos e pais de alunos, não acreditavam que a melhor solução fosse a transferência da escola para outro bairro, mas, sim, a construção de um novo prédio dentro da própria comunidade. Nesse abaixo-assinado apresentavam até mesmo argumentos de que no próprio bairro havia áreas disponíveis para a construção de uma nova sede.

Em 1985, em uma reunião realizada na escola, contando com a presença de membros de dois bairros, foi feito um estudo "das prioridades do Colégio Municipal" e foi apresentada uma solicitação das "obras necessárias ao bom funcionamento da escola".

Nessa reunião, elaboraram um documento esboçando suas reivindicações e apresentaram sugestões para a solução dos problemas. Em setembro de 1985, a escola recebeu uma resposta do Poder Público alegando o reconhecimento das reivindicações e a comunicação de que a Secretaria Municipal de Educação (SMED) e a Superintendência de Desenvolvimento da Capital (SUDECAP) já estavam "em plena atividade para os fins colimados".

Em 1986, outra carta dos moradores da comunidade do bairro foi enviada, cobrando a realização das obras de ampliação e reforma, conforme projeto já aprovado na SUDECAP, bem como a desapropriação da área contígua a escola. Porém, no ano de 1989, quatro anos depois do primeiro abaixo-assinado, a questão ainda não tinha sido resolvida.

Não foi por mera coincidência que, após duas décadas de uma história basicamente institucional, tenha ressurgido, no cenário da história da Escola Sédna, movimentos organizados com a participação ampla de professores, direção, alunos, moradores, igreja, pais e associações de bairros. Esse cenário somente pode ser compreendido à luz do processo de redemocratização por que passava a sociedade brasileira na década de 1980, após um período de vinte anos de cerceamento e desmobilização do povo nas associações.

Em 1990, o Anexo Sédna foi desvinculado do Colégio Municipal por intermédio do Conselho Estadual de Educação.

O reconhecimento oficial de sua emancipação, pela Prefeitura Municipal de Belo Horizonte, estabelecendo a escola como uma "unidade autônoma" ocorreu somente em 1995, na gestão do Prefeito Patrus Ananias. Conforme relato da professora Dora, responsável pelo *Estudo Diagnóstico*, a separação trouxe autonomia e a constituição de uma diretoria própria, o que teria melhorado a condição de trabalho na Escola Sédna.

40 COLEÇÃO CULTURA, MÍDIA E ESCOLA

No cenário da Rede Municipal de Ensino da cidade de Belo Horizonte, as décadas de 1980 e 1990 – como reflexos do movimento de renovação pedagógica que teve início no Brasil na década de 1970 – foram palco de "inúmeras ações e experiências de caráter inovador que traduziram não apenas necessidades de mudança política, mas também de cunho pedagógico".

A luta pela autonomia da Escola Sédna e sua gestão democrática e o surgimento dos projetos político-pedagógicos são expressões dessas mudanças que tiveram origem nos movimentos sociais mais amplos[5]. A resolução dessa questão somente se concretizaria no ano de 1998, com a inauguração do novo prédio. Porém, não ocorreu da forma mais desejada pela escola e pela comunidade, que esperavam a permanência no próprio bairro no qual começou sua história e onde foi construída, se assim podemos dizer, sua "identidade institucional".

Em 1998, então, a escola foi transferida para um prédio construído pela Prefeitura de Belo Horizonte em terreno localizado no alto de uma rua secundária de um bairro vizinho, uma região fronteiriça com uma das grandes favelas da região. Essa transferência não era solução totalmente satisfatória, já que havia um anseio, após quase duas décadas de luta pela melhoria das condições de atendimento da escola, que ela permanecesse no bairro com quem mantinha profunda identidade.

A escola passou a ter como vizinhos, de um lado, uma escola de ensino especial, também da rede municipal, e, de outro, algumas residências com padrão de boa qualidade.

---

[5] Cf. ARROYO, 2002.

Não se avistava, no entorno, nenhum estabelecimento comercial; apenas as escolas e uma pequena igreja adventista quebravam a seqüência de residências da rua. Elevando um pouco o olhar, enxergava-se, no alto de uma encosta, localizada atrás da escola, os últimos barracões da favela fronteiriça.

Esse primeiro cenário é emblemático da situação de fronteira onde a escola foi construída.

A Escola Sédna foi transferida de uma rua situada na parte central do bairro Marte – onde se constituiu enquanto escola, e onde, em certa medida, desenvolveu um processo de inserção e identificação local durante 46 anos – para uma rua secundária no bairro Mercúrio, vizinho ao Marte, localizada na fronteira desse bairro e de uma favela.

Mas um fato, ali, me intrigava. Ficava no portão e não via alunos caminhando em direção ao "escadão", construído no final do quarteirão da escola e que ligava a favela vizinha à Escola Sédna e ao bairro. Estranhei esse fato e perguntei à Geralda, funcionária da escola, se não estudava nenhum aluno da favela na escola de manhã.

Ela disse que *sim*, mas muitos davam a volta no quarteirão para não serem vistos, utilizando o escadão, e acrescentou: *Mas são poucos que estudam de manhã, tem mais a noite.* Comentei que não os via subindo ou descendo o escadão e ela me contou que *muitos deles não podem descer, senão o traficante do morro mata.* Então eu perguntei como eles faziam para vir à escola, e ela respondeu: *Eles não vêm não, senão morre mesmo, fica sem estudar!*

A posição de fronteira da escola se evidenciava nessa realidade que impunha regras aos moradores da favela e estabelecia quem podia estudar, quem podia utilizar o escadão.

A escola conhecia a existência de um poder paralelo que privatizava o espaço público e ditava regras e estabelecia direitos e deveres aos moradores. No entanto, pela observação e conversa com professores e funcionários da escola, não se sabia como lidar com esta realidade e, muitas vezes diante do sentimento de impotência e mesmo medo, optava-se por ignorar e omitir.

É assim que, para situar econômico e socialmente os alunos da escola e funcionários da Escola Sédna e da Regional de Ensino da Prefeitura de Belo Horizonte utilizam dois termos: "os de baixo" e "os de cima".

A área se divide entre o lado "de baixo" – casas de boa qualidade, rua tranqüila, bairro residencial, com pouco comércio e abrigando uma população identificada entre classe média e classe média baixa; e do outro lado, o lado "de cima" – a favela, com seus barracões, ruas divididas e controladas pelas gangues do tráfico de drogas.

Essas fronteiras geográficas expressam material e simbolicamente uma realidade, muitas vezes observada na escola e no Grupo de Capoeira, de espaços intermediários e distintos. Essa realidade é identificada por alunos e professores mediante referências que, a princípio, parecem geográficas, mas que expressam e identificam *espaços sociais distintos*: a escola situa-se territorialmente e culturalmente na fronteira entre o espaço e os alunos, moradores dos bairros (*de baixo*) e o espaço e alunos moradores da favela (*de cima*).

Assim que se aproxima da escola, enxerga-se um muro de alvenaria pintado pelos alunos, formando um grande cenário de montanhas, um céu azul e a imagem de cometas rasgando o céu e um jovem pintando a sigla da escola.

Sobrepostas a essa primeira pintura vêem-se, também, diversas e variadas pichações feitas por jovens do entorno da escola com as identidades em códigos que somente os que são parte do Grupo decifram. No centro desse muro há um portão verde que, geralmente, permanece fechado durante todo o dia e trancado no período da noite. Em frente à escola ficam estacionados os carros dos professores, da direção e dos funcionários, pois até a data do encerramento desta pesquisa não havia estacionamento dentro da escola.

Como todas as escolas que compõem a Rede Municipal de Ensino de Belo Horizonte, a Sédna, apesar de grande resistência, atualmente faz parte do sistema implantado pela Secretaria Municipal de Educação, em 1994, denominado "Escola Plural", projeto político-pedagógico que adota o sistema de ciclos de aprendizagem e progressão automática no Ensino Fundamental, e, após o ano de 2000, também no Ensino Médio. De acordo com diversos depoimentos de professores, a adesão ao projeto da Escola Plural somente ocorreu por imposição da Prefeitura, tendo havido resistência o quanto foi possível.

A Escola Sédna funciona em três turnos e atende a adolescentes do 3° ano do 2° ciclo e 1° e 2° anos do 3° ciclo, que corresponderiam às 5ª, 6ª e 7ª séries do Ensino Fundamental, com idade entre 11 e 13 anos, no turno da tarde; no turno da manhã, atende alunos, também adolescentes e jovens, na faixa etária entre 14 e 17 anos, concluindo o terceiro ciclo (7ª e 8ª séries do Ensino Fundamental) e o Ensino Médio Regular. No noturno, a escola atende aos mesmos segmentos da manhã e da tarde juntamente, recebendo alunos de diferentes faixas etárias. Segundo dados de professores, estudam nesse turno desde adolescentes de 14 anos, jovens entre 18 e 25 anos, até adultos na faixa etária dos 40 anos.

De acordo com dados da própria instituição e do censo DATAESCOLABRASIL – realizado em 2002, quando esta pesquisa se iniciou –, a escola contava com um total de 1.169 alunos matriculados, sendo que, desse total, 928 estavam cursando o Fundamental (2º e 3º ciclo) e 241 cursavam o Ensino Médio. A escola contava com um total de 63 docentes para o Ensino Fundamental e 14 para o Ensino Médio, sendo que todos tinham formação superior completa. em 2003, de acordo com dados do Departamento de Educação da Regional Saturno, a escola possuía 1.410 alunos matriculados, com 1.140 cursando o Ensino Fundamental (2º e 3º ciclos) e 270 no Ensino Médio. De acordo com informações do Departamento de Educação da Regional Saturno, para o ano de 2004 foram reduzidas quatro turmas de 2º e 3ºciclos na escola por falta de demanda.

A Escola Sédna desenvolvia alguns projetos específicos para os alunos, como o Sexta Cultural (noturno), Teatro (manhã), Projeto de Leitura (manhã e tarde); além de outros projetos que atendiam também à comunidade por meio das oficinas, onde alunos e familiares aprendiam a fazer trufas, bombons, velas, sabonetes e imãs de geladeiras, dentre outros que visavam promover um aprendizado que permitisse geração de renda às famílias.

Cenas juvenis na Escola Sédna e os sentidos da escola para os jovens

Ainda na etapa exploratória desta investigação, em 2002, foi muito citado pelo corpo docente e administrativo da instituição um grupo de teatro que há quatro anos vinha montando peças com alunos e ex-alunos do turno da manhã e participando de festivais, sendo algumas dessas peças premiadas. As montagens envolviam exercícios constantes de leitura crítica de um texto-base, apresentado pela professora.

O processo era muito dinâmico e interativo, e os alunos expressavam seus pensamentos, emitiam suas opiniões, que eram recebidas pelo Grupo e pela professora, e, se consideradas procedentes por eles, eram incorporadas ao texto-base. A partir da leitura coletiva desse texto eram realizadas modificações, sendo o texto final uma elaboração coletiva do Grupo.

Havia um clima de confiança entre os participantes do Grupo e a professora, a qual assumia uma postura de diálogo com os alunos.

De acordo com relatos e com a leitura do projeto, as ações do Grupo de teatro não se restringiam às apresentações no festival, apresentando-se nos eventos organizados pela escola.

Via sobre esse Grupo, em primeiro lugar, a precariedade e a dificuldade para a montagem de uma peça teatral com qualidade na escola; em segundo, o envolvimento e o entusiasmo dos participantes com o teatro, especialmente aqueles que já estavam lá há mais tempo no Grupo se esforçando para manter o projeto; e, por último, a importância do Grupo para aqueles jovens envolvidos.

Mesmo que por um tempo pequeno, o envolvimento deles era forte, e o teatro constituía um espaço privilegiado para a expressão cultural dos jovens na escola. Entendo que seja importante que se desenvolvam pesquisas dentro de grupos culturais que, apesar de não incorporados à estrutura curricular da escola, constituem espaços ricos de formação de valores e saberes.

O padrão de organização da Escola Sédna era de dois módulos de 70 minutos antes do horário do recreio, que era de 20 minutos.

Nesses intervalos, impressionava-me a organização da escola.

Na Escola Sédna, esse processo transcorria sempre com muita tranqüilidade. Em cinco minutos ouvia-se o barulho dos passos, das conversas e risadas dos alunos. Na sala dos professores, aumentava um pouco o movimento com entradas e saídas para tomar um copo d'água ou café, ou apanhar algo no escaninho, conversar rapidamente e sair de novo. Passados, porém, esses cinco minutos, o silêncio, o clima calmo, voltava; permanecia apenas o barulho dos alunos movimentando as carteiras na sala de aula acima da sala dos professores.

No recreio, logo se começava a ouvir um barulho de passos apressados, carteiras sendo afastadas, salas sendo fechadas, e os corredores, pátios, quadras, cantinas, escadas e gramados iam se transformando em um cenário cheio de música, dança, jogos, risadas, conversas e esporte. Agora, o silêncio reinava absoluto, nas salas de aulas trancadas para não haver pichações nas paredes e carteiras ou o extravio dos materiais deixados por professores e alunos.

Em campo, observei algumas cenas juvenis que emprestavam cores e formas distintas ao cenário escolar, ampliando a percepção de algumas marcas da cultura dessa instituição, das expressões das culturas juvenis e, ao mesmo tempo, das interações ou não-interações entre ambas.

Anotação do caderno de campo
[Surpresas de carnaval]

Em março de 2003, participei de uma festividade organizada, na hora do recreio, no turno da manhã por uma professora em comemoração ao carnaval. Mediante observação participante, envolvi-me nessa atividade de carnaval e também me aproximei mais dos jovens e dos professores.

Na semana anterior ao evento, estive na escola com o objetivo de saber mais sobre as possíveis expressões da cultura juvenil no espaço escolar. Nessa ocasião, informaram-me que iria acontecer uma manifestação cultural "surpresa" na escola, no turno da manhã, em um horário próximo ao recreio. Convidaram-me a estar na escola "neste horário" para assistir, pois "seria interessante para minha pesquisa".

Conforme o combinado, compareci à escola, porém cheguei um pouco mais cedo e ainda estavam acontecendo os preparativos. A coordenadora chamou a professora responsável pela atividade e pediu-lhe que me explicasse como seria o evento, onde ocorreria, enfim, que me informasse sobre ele, para eu registrar para a pesquisa.

Fiquei na sala dos professores aguardando o começo do evento-surpresa. Essa surpresa não estava reservada somente a mim, mas os outros professores também não sabiam o que iria acontecer na escola. De repente, comecei a ouvir um barulho nos corredores do andar acima da sala onde estava. O barulho foi aumentando e rapidamente tomou toda a parte central da escola, onde se localiza o pátio. Os alunos foram saindo da sala e se postando nos corredores que ladeiam o pátio, esperando a surpresa. Alguns poucos minutos se passaram e uma música começou a ser ouvida, juntamente com o som de alguns instrumentos de percussão.

Um pequeno grupo de estudantes do último ano do Ensino Médio entrou no pátio central, todos vestidos com os uniformes da escola, sobrepostos por colares, por eles próprios confeccionados em papel crepom, alguns desfilavam com adornos na cabeça e faixas perpendicularmente sobrepostos ao uniforme, compondo uma espécie de bloco carnavalesco. Clara, integrante do Grupo de Capoeira, desfilava à frente do Grupo, segurando um estandarte, e todo o grupo a seguia, cantarolando um samba que, de acordo com a professora, teria sido composto pelos próprios alunos.

O Grupo estava animado, dançava e cantava um samba que trazia em sua letra uma crítica à Escola Plural. Utilizando o humor, os estudantes demonstravam a insatisfação que sentiam com a escola atual, que, segundo o refrão do samba-enredo, não os ensinava a ler, a escrever, a contar e, então, só lhes restava "sambar".

Após a apresentação do bloco, fomos todos – professores, corpo administrativo, funcionários e alunos – convidados a nos juntarmos ao bloco, sambando sob o som de marchinhas de carnaval, tocadas no som da rádio da Escola. Imediatamente, mesmo sentindo um certo constrangimento, juntei-me ao Grupo e participei da brincadeira de carnaval.

Observei, porém, que a atividade-surpresa mobilizou pouco os alunos. A grande maioria permanecia apenas olhando aquela cena, alguns riam, outros debochavam, cochichavam no ouvido do colega. A impressão era de que a atividade não fazia muito sentido para a maioria deles. Os próprios professores também não demonstravam muito entusiasmo com aquela atividade de carnaval no horário do recreio, sob um sol forte e fora dos dias "reais" de carnaval.

Encerrado o evento, os alunos e professores foram para o recreio e depois voltaram às atividades rotineiras da escola.

Essa cena despertou meu interesse, primeiramente pela atitude da maioria dos alunos do turno, que resistiam ao convite da professora, que chamava a todos para participar da festa entusiasmadamente. Nas breves conversas que estabeleci com alguns jovens à época da cena surpresa de carnaval e posteriormente, quando conversei e convivi mais com eles, não encontrei em suas falas a evidência de uma proximidade ou importância atribuída ao carnaval na vivência diária ou comunitária deles.

Alguns afirmaram gostar de acompanhar os desfiles das escolas de samba do Rio de Janeiro pela tevê e conhecer alguns sambas-enredo de escolas cariocas. Um número maior de jovens fez referência ao carnaval da Bahia, com os trios elétricos, o carnaval de rua e as coreografias que eram lançadas a cada temporada. Falaram de carnavais "fora de época" dos quais participaram, e percebi que estes pareciam ter maior significado para eles.

As reflexões acima permitem que se olhe para essa cena do carnaval "surpresa" na escola e se consiga pensar que a atitude de apatia e de certa postura crítica dos jovens em relação à cena não indique que ela não fazia sentido algum para eles.

Mas aponta para uma diferença de sentidos com relação ao espaço/tempo, usos e significados da festa de carnaval que não poderia ser vivenciada em um espaço como o escolar, onde se busca a manutenção e transmissão de valores e não se abre, geralmente, muito espaço para o espontâneo, para a inversão de papéis entre as gerações, onde a carnavalização do cenário e da instituição somente seria possível, como o foi, mediante a tutela da professora, e de acordo com uma normalização e rotina que fogem totalmente do carnaval.

Como demonstra Da Matta (1990), o carnaval é o primado, por excelência, da irreverência, da inversão e dos tempos, loucos, frenéticos e de ponta a cabeça.

Da forma como a atividade se efetivou no cenário escolar, aos alunos que não fizeram parte diretamente da cena coube apenas "assistir" e aplaudir aquela apresentação de carnaval. Assumiram, dessa forma, o papel de platéia em um espetáculo em que o papel a eles atribuído foi o de espectadores, uma vez que não foram convidados a atuar, a dirigir, a coreografar, ou outras tantas funções que eles, com certeza, poderiam realizar e "curtir" coletivamente.

Essa e outras cenas mostram jovens alunos inseridos em uma instituição onde está estabelecido que adultos ensinam e eles aprendem, onde, tradicionalmente, adultos planejam e jovens assistem ao planejamento ou o executam, e, assim, tornam-se meros espectadores.

O sentido da crítica, porém, estava estampado nos rostos e nas expressões de apatia e desinteresse.

Anotação do caderno de campo
[Uma rádio na escola]

> Nas observações do recreio, fui informada de que as músicas que ouvíamos eram "transmitidas" pela "rádio da escola". Essa rádio funcionava nos três turnos, sob responsabilidade dos alunos da 3ª série do Ensino Médio, com a autorização da direção.
>
> Um professor, que sempre me auxiliava e respondia a perguntas que fazia sobre o funcionamento do turno, me informou que esta rádio já existira em outros anos, mas havia sido proibida pela direção anterior, por causa da reclamação dos professores da escola quanto ao barulho e tipos de música que tocava. Porém, no ano de 2002, no processo de eleição da nova diretoria da escola, um aluno do noturno, chamado Edu, havia percebido o momento propício para voltar a conversar com a direção da escola e convencer a nova direção a permitir o funcionamento da rádio em 2003.
>
> Mediante observação atenta do cenário em que vivia, esse jovem soube aproveitar a chance e estabelecer uma estratégia, abrir um caminho de diálogo com a escola, usando sua percepção e seu senso de oportunidade, e assim conseguiu a autorização para a rádio voltar a funcionar nos três turnos da escola. Esse

jovem passou a exercer o papel de coordenador geral da rádio e, ao mesmo tempo, uma espécie de DJ, dividindo a responsabilidade com os alunos das turmas do 3° ano de Ensino Médio.

Segundo informações conseguidas em conversas informais com os alunos e confirmadas pela escola, todos os alunos poderiam levar CDs de acordo com o gosto de cada um e entregá-los às equipes responsáveis pelo funcionamento da rádio nos dias especificados, e dentro do limite do tempo do recreio seriam tocados sem discriminação.

Além de levar música para o recreio, a rádio também exercia outras atividades como correio elegante, onde os estudantes trocavam "bilhetinhos" entre si, mandavam mensagem e até marcavam encontros. A rádio veiculava informações do interesse dos alunos e era, também, utilizado, pela escola para transmitir recados, organizar atividades, dentre outras funções.

A coordenação das atividades da rádio ficava sob a responsabilidade de grupos alternados de alunos de uma das duas turmas do 3° ano, o que os destacava dos demais.

O protagonismo dos alunos do terceiro ano do Ensino Médio no cenário do primeiro turno era bastante evidente, permitindo interpretá-lo como um componente importante da cultura da Escola Sédna. No contexto dessa instituição, uma das mais tradicionais da cidade de Belo Horizonte na formação de jovens e adolescentes, e, também, na preparação deles para concursos e vestibulares, os alunos do último ano representam o ápice de todo o trabalho educativo da instituição. Eles retratam e espelham o resultado do projeto político-pedagógico dessa escola.

Durante o recreio, os adolescentes e jovens, principalmente do turno da manhã, na faixa etária entre 12 e 17 anos, não se limitavam a ouvir as músicas. Tanto as meninas quanto os meninos dançavam ao som das músicas, demonstrando conhecer bem as coreografias de cada uma delas.

Observei que, apesar de todos os ritmos pedidos pelos estudantes serem tocados no período do tempo do recreio, nem todos exerciam o mesmo poder de atração e participação. Alguns ritmos, como o axé, o forró e os rocks nacionais, conseguiam mobilizar maior número de jovens. Quando tocavam outros ritmos, talvez por não agradarem tanto à maioria, os estudantes permaneciam em grupos conversando, fazendo outras atividades e se afastavam do local onde o som era mais alto, preferindo tocar um violão e cantar outras músicas.

Essa cena permite dizer que estamos diante de uma realidade complexa.

Entender as culturas desses jovens exige refletir sobre a diversidade de matrizes que exercem influências na formação da visão de mundo, valores e, mesmo, gosto e comportamento deles. Nos períodos de observação do recreio, percebia que essas influências vinham da família, da igreja, dos grupos culturais a que esses jovens pertenciam, relevando a importância de pesquisar, também, os locais de onde vinham.

No entanto, a rádio evidenciou, especialmente, que não se pode deixar de considerar a importância da indústria cultural e dos meios de comunicação de massa que, no dizer de Canclini (2000), atingem e influenciam a formação cultural dos jovens. Esse mesmo autor nos alerta, porém, de que essa influência não atinge a todos da mesma forma e intensidade. Os jovens convivem constantemente com imagens, sons, ritmos e valores que transitam e se hibridizam constantemente. Na observação das cenas da rádio, percebe-se a existência de diferentes padrões culturais coexistindo e construindo esse lugar juvenil.

Em outras cenas percebiam-se fragmentos aparentemente desconexos de várias matrizes culturais que apontavam para a existência de um hibridismo ou de uma mescla de influências muito heterogêneas nas culturas manifestas pelos jovens na escola. Não só no gosto musical, mas na forma dos adereços escolhidos para compor seu visual, nos códigos lingüísticos, no gestual.

A convivência com os jovens desta pesquisa revelou que eles são constantemente limitados ao acesso a bens culturais existentes em sua cidade, bairro ou região. Pude ouvir dos jovens com os quais convivia que alguns deles sequer conheciam o cinema, menos ainda o teatro. Realidade dos jovens moradores de bairros de periferias e de favelas cujo acesso aos bens culturais ocorre quase tão-somente via tevê.

Essa contradição perversa que atravessa a realidade juvenil, na qual o acesso à cultura é mais virtual e imagética do que concreto, acaba por alcançar os jovens por meio do imaginário, dos sentidos expressos por estilos musicais e outros, dando uma falsa impressão de pertença a uma comunidade globalizada e democrática.

As condições concretas, percebidas pelos relatos desses jovens, negam veementemente essa retórica de pertencimento. Observando a dança, o gosto por diferentes estilos musicais, pode-se pensar na inclusão dos jovens *na* ou *por meio da* cultura. Entretanto, a ausência de espaços de lazer e cultura em seus bairros, como também a falta de condições econômicas para participar dos espaços e atividades ofertados pela cidade, desmente claramente esta suposta inserção.

A realização de estudos que procurem mapear e compreender a diversidade de influências culturais e modos que essas atingem as juventudes é fundamental para o campo da Educação, bem como mapear as distintas formas e intensidades com que essas múltiplas matrizes se hibridizam, se mesclam e se expressam em novos e diversificados formatos. Não existem somente duas culturas em oposição na escola, quais sejam, a cultura da escola e a do aluno, mas mundos plurais, fato que, por sua vez, torna as relações professor-aluno e ensino-aprendizagem uma dinâmica mais complexa e tensa.

Anotação do caderno de campo
[Torneio Masculino de Futebol]

Os torneios esportivos fazem parte da tradição e da cultura da Escola Sédna.

Durante sua história, foram realizados vários torneios internos e a escola participou de vários torneios externos, tendo até mesmo, ganho diversos prêmios. No tempo em que observei o recreio, percebi que uma das atividades que mobilizavam os alunos, alteravam o ritmo do recreio, trazendo novos ritmos, sons e novas cores, era o torneio de futebol, organizado pelos professores de Educação Física da escola.

O movimento tornava-se intenso no local dos jogos, os alunos ocupavam a pequena arquibancada e toda área em volta da quadra, além de se espalharem pelo gramado que se localizava acima da quadra.

Observei que os torneios, além de mobilizarem um grande número de meninos para a quadra de futebol, atraíam também muitas meninas. Enquanto os meninos participavam das equipes e da torcida, as meninas participavam torcendo. Algumas vezes, Clara, aluna do Grupo de Capoeira, assumia a posição de árbitro, ajudando o professor a apitar o jogo ou a anotar os pontos.

O torneio mexia com os estudantes, estimulando a competição entre as equipes e levando os times da escola a participar de torneios entre escolas, conquistando vários títulos e troféus, o que agradava muito os estudantes.

De acordo com o depoimento dos professores, havia também torneios femininos, onde se invertia a situação: eram formados times compostos apenas por meninas que disputavam modalidades como vôlei ou *handebol*.

Os jogos decisivos eram realizados na hora do recreio para o maior número de alunos poderem assistir e participar da torcida e estimular os jogadores.

Essa cena permite trazer à trama das culturas juvenis uma perspectiva que ainda não foi suficientemente discutida em pesquisas realizadas nos cursos de pós-graduação em Educação: as relações de gênero entre jovens e adolescentes como partes constitutivas da identidade e das manifestações ou configurações deles no cotidiano escolar.

Deste pressuposto, estudar o sistema sexo/gênero implica tomar a realidade pesquisada por dois extremos: de um lado, as características físicas, as condições vitais; de outro, as características históricas, as condições sociais (IZQWIERDO, 1994, p. 51). Com relação às culturas juvenis, a categoria "gênero" possibilita uma nova forma de olhar para os jovens e compreendê-los na complexidade dos seus processos de construção identitários. Permite, ainda, maior apreensão da diversidade cultural existente dentro de um grupo aparentemente homogêneo, quando se utilizam macrocategorias como classe social, jovens moradores de periferias ou estudantes de escolas públicas, dentre outras.

Nesse sentido, o torneio de futebol pode ser visto na cena acima como uma atividade cujo princípio de organização está na associação desta ao universo masculino, pois é uma atividade tradicionalmente realizada por pessoas desse sexo, que atende a certas habilidades e capacidades associadas ao jogo.

Chegando, então, o olhar na cena, vemos que a aluna Clara, do terceiro ano, praticante de capoeira, é vista ocupando a função de árbitro em alguns jogos de futebol desse evento esportivo.

Clara é uma jovem do sexo feminino, mas ela aparece nessa cena exercendo uma função que, a exemplo do futebol, é tradicionalmente atividade masculina. O fato de ser uma garota não impediu que ela exercesse ou praticasse uma atividade do universo simbólico masculino, enquanto as demais meninas exerciam o papel que lhes cabia: o de torcedoras.

O que está em cena nesta situação é que o professor, negando o princípio da diferenciação biológica, tornada cultural, atribuiu à aluna, e não a um garoto, a função de arbitragem, tradicionalmente praticada por homens.

Podemos pensar em duas direções: ou a atitude do professor demonstra que em relação a essa atividade não existe mais um estereótipo de função masculina, árbitro – capacidade de decisão, de julgamento, e, assim, apropriadas ao masculino; ou esse professor reconhece que meninas também podem exercer essa atividade por terem o mesmo potencial de desenvolvimento dessas habilidades, o que demonstraria uma modificação na percepção e associação entre papéis e pertencimento sexual, talvez influenciado pelo contexto macroesportivo, especialmente do futebol, em que mulheres exercem já a arbitragem, e este é um fato explorado fartamente pela mídia.

Com relação ao cenário acima, observei, ainda, que o fato de Clara ter realizado a atividade de árbitro, ou a ausência de meninas jogando futebol com os meninos, não causou qualquer estranhamento para os atores envolvidos na cena. A jovem participou ativamente da atividade realizando a arbitragem, e esse fato não gerou nenhuma reação ou observação por parte de aluno ou professor. Somente meu olhar parece ter flagrado a cena e nela percebido algo de estranho.

Anotação do caderno de campo
[Aulas de Axé Music]

No mês de maio de 2003, durante as observações do recreio da escola, percebia um movimento e um clima diferente em alguns dias da semana. Ouvia barulho de música vindo do ginásio da escola – o mesmo onde o Grupo de Capoeira se reúne às terças e quintas-feiras, no intervalo do segundo para o terceiro turno da escola e nos sábados à tarde. Parei e fui olhar para ver o que estava acontecendo.

Em uma manhã de quarta-feira, ao ouvir o som, aproximei-me do portão da entrada do ginásio e dois jovens que estavam "tomando conta" da entrada no ginásio me informaram que em alguns dias da semana os alunos de uma das turmas do 3° ano do Ensino Médio estavam cobrando 50 centavos para ensinar diferentes coreografias de Axé-Bahia a quem se interessasse.

Os alunos do terceiro ano anunciavam na rádio da escola o dia que teriam as aulas e os alunos interessados se inscreviam e pagavam a taxa. As aulas eram abertas a todos os alunos do turno da manhã da escola, independentemente de série, idade ou sexo.

No dia das aulas, o movimento maior no recreio era no ginásio, porém, não dentro dele, mas do lado de fora. Como era uma atividade paga, nem todos entravam para aprender. Muitos ficavam do lado de fora do portão, observando o movimento e comentando sobre as aulas de Axé, olhando quem entrava, quem saía.

Perguntei se podia entrar para ver o que estava acontecendo e os dois jovens responsáveis pela entrada e saída do ginásio permitiram que eu entrasse e observasse. Entrei e sentei no mesmo banco onde geralmente me sentava para observar os treinos da capoeira. Desse banco podia observar o que se passava em todo o ginásio, sem que minha presença fosse muito percebida pelos jovens e, assim, interferisse no comportamento deles. Havia um som, pequeno, perto desse banco, onde dois outros jovens ficavam responsáveis por controlar o som.

Uma jovem de 17 anos, que estudava no terceiro ano e fazia aulas de Axé-Bahia em uma academia do bairro, era quem ensinava aos alunos, na maioria alunas, cada dia uma coreografia diferente. Nos dias em que observei, o grupo de alunos era formado por grupos com um número em torno de 20 alunos. Em todas as aulas observadas havia uma maioria de alunos do sexo feminino e um grupo pequeno de alunos do sexo masculino "fazendo a aula", e mais um grupo de jovens, em uma média de 15 jovens, composto, em sua maioria, por meninas assistindo a aula..

Em relação às aulas de Axé-Bahia, ainda observei que, diferentemente da rádio da escola, as aulas de Axé não envolviam ou mobilizavam toda a escola. A participação dos jovens do turno era pequena, em relação ao número total de alunos que estudavam no turno, porém, causava muitos comentários entre os alunos e alunas, mesmo entre alguns que não entravam no ginásio.

Percebi que algumas meninas queriam participar, mas não tinham o dinheiro ou podiam gastar o dinheiro que tinham com essas aulas. Outras ainda diziam que achavam que não valia a pena pagar os cinqüenta centavos que os alunos cobravam. Outras meninas me falavam que até gostariam de fazer as aulas, mas tinham vergonha; ficavam tímidas.

Depois que saía do ginásio e voltava a circular pelo recreio, ou quando apenas voltava para a sala dos professores ao final do recreio, observei que, em alguns grupinhos por onde eu passava, os jovens comentavam sobre as aulas, o que demonstrava que, apesar de não estarem envolvidos diretamente, muitos demonstravam interesse ou curiosidade pelas portas fechadas no ginásio coberto da Escola.

Um aspecto que chamou minha atenção nessa cena foi em relação ao comportamento dos meninos e das meninas que entravam para o ginásio.

Geralmente, as meninas entravam para aprender a coreografia, indo diretamente compor a turma para a aula. Um número pequeno de meninas pagava o valor estipulado para as aulas, mas todas ficavam um pouco tímidas e olhavam primeiro para depois entrar. Já os meninos, em sua grande maioria, pagavam para entrar no ginásio, mas não participavam das aulas com o Grupo, apenas assistiam às aulas e, de vez em quando, arriscavam alguns movimentos da coreografia.

Diante da cena indaguei sobre as possíveis razões para entender por que, nas aulas de Axé Bahia, não havendo interdição em relação à participação masculina, a maior participação nestas aulas era de meninas, uma vez que, como no recreio, um número expressivo de rapazes, ouvindo as músicas da rádio, dançava e demonstrava conhecer algumas coreografias de Axé Bahia. A diferença de comportamento e postura dos meninos diante da dança, no recreio e dentro do ginásio, na aula de Axé, era intrigante.

No recreio, espaço aberto, onde os meninos eram vistos por um número maior de pessoas, eles pareciam dançar "numa boa", sorriam e brincavam uns com os outros. Quando me aproximava de alguns deles e indagava por que não estavam participando das aulas e aprendendo novas coreografias, eles apenas riam, levantavam os ombros e exclamavam: *Eu, não! Isto é coisa de boiola!*

Percebi haver entre aqueles rapazes um código cultural que eu não entendia muito bem, no qual a dança apresentava certa ambigüidade.

Não era um interdito ou um problema para os garotos dançarem no recreio na frente de todo mundo. Aliás, dois outros jovens com quem conversei me contaram que nas festas de que participavam era comum tanto os caras quanto as meninas dançarem. Um deles, do Grupo de Capoeira, me disse assim: *Tem disso não! Todo mundo dança!*

Anotação do caderno de campo
[Brincando de comprar e vender beijos]

Sobre a rádio vale a pena registrar uma cena muito interessante que observei em minhas itinerâncias pelo recreio da Escola Sédna.

Em uma manhã de quarta-feira, quando saí da sala dos professores para observar o recreio do primeiro turno, assisti a uma cena muito rica de simbolismos para pensar sobre a cultura dos jovens dessa escola. Os alunos e alunas de uma determinada turma do terceiro ano, responsáveis pelo funcionamento da rádio naquela manhã, resolveram, como estratégia para conseguir verba para uma viagem de final de curso, utilizar a rádio para divulgar uma "promoção". Cada menina que pagasse cinqüenta centavos poderia dar um beijo na boca de um aluno do terceiro ano de nome Rafael, considerado pelas meninas da escola como "muito gato".

Esse episódio envolveu um grande número de alunos durante todo o tempo do recreio, que vieram participar ou apenas comentavam sobre a promoção. Muitas meninas manifestaram vontade de participar e pagar pelo beijo, mas ficavam "com vergonha e com medo de serem consideradas feias" pelo rapaz e este não querer beijá-las. Fiquei dali da porta da sala dos professores olhando e vi algumas meninas chegando, pagando para as organizadoras da promoção os cinqüenta centavos e formando uma fila para dar um beijo em Rafael.

Depois de uns dez minutos havia umas dez meninas de séries e idades diferentes na fila. Um grande grupo de meninos e meninas veio observar a cena. Os meninos riam muito da promoção e ficavam próximos da "rádio" para saber quem eram as meninas que iriam participar e se o Rafael iria mesmo beijar todas que se inscrevessem. Um grupo de cinco rapazes veio para a fila dizendo que queria participar também, "só pra zoar" com Rafael. Esses rapazes ficavam falando alto, chamando o Rafael e dizendo que queriam também "um beijinho" dele.

Cheguei perto da rádio e comecei a conversar com algumas meninas tentando entender o que estava acontecendo. Dentro da sala pude observar o Rafael muito nervoso! Dizia que não iria beijar ninguém, mas quando suas colegas lhe pediam que aceitasse a brincadeira por causa da viagem ele ficava indeciso e concordava com a promoção.

Quando soube que os cinco rapazes estavam na fila, chamando e dizendo que iriam pagar por um beijo dele, ele começou a ficar mais nervoso e disse que iria desistir de vez da "brincadeira" e, visivelmente aflito, dizia que não ia beijar "nenhum cara."

Essa situação durou todo o tempo do recreio. Na fila, as meninas estavam ansiosas esperando por Rafael, que não aparecia para cumprir com o trato. Os meninos riam muito e chamavam o rapaz de forma debochada, "vem benzinho, estamos esperando seu beijinho!" Aproximei-me e perguntei às meninas que estavam na fila se elas iriam mesmo beijar o rapaz, e elas diziam que "sim", mas que tudo era uma brincadeira!

Ao final do recreio, apesar da fila e do dinheiro arrecadado, Rafael desistiu definitivamente da promoção, saiu da sala muito sem graça e foi para a sala de aula. Alguns meninos e meninas o acompanharam, alguns "zoando" e outros acalmando-o. As meninas do terceiro ano, que organizaram a promoção, devolveram o dinheiro, a fila se desfez e os meninos e as meninas voltaram para suas respectivas turmas.

Nenhum professor ou outro qualquer adulto interferiu na cena, que assim como se compôs, por iniciativa dos alunos, se desfez também, da mesma forma. Alguns poucos professores viram a cena, e os que viram apenas riram, deram de ombros e voltaram para a sala dos professores.

Será que a cena de uma jovem entrando em uma fila "pagando" cinqüenta centavos pelo beijo de um rapaz pode ser lida como uma inversão da posição tradicionalmente atribuída ao sexo feminino, que, deixando de ser objeto passivo do desejo e do assédio masculino, passa para a conquista de próprio desejo, no qual o rapaz passa a ocupar a posição de objeto? Porém, como entender que esta mesma garota parada na fila para receber o beijo comprado fica ansiosa e diz estar com receio de ser rejeitada pela sua aparência física? E o nervosismo do rapaz, objeto do desejo e da compra, o que nos diz sobre as relações entre os sexos para aqueles jovens?

Essas cenas e os gestos dos jovens me possibilitaram refletir que os jovens trazem para a escola variadas referências de comportamento e valores associadas à pertença ao gênero masculino ou feminino. Mas, na escola, espaço por excelência dos encontros juvenis, espaço da socialização entre pares, os jovens se permitem, por meio de jogos e brincadeiras, nas aulas de axé e mesmo nos torneios de futebol e carnaval, experimentar situações e comportamentos diferentes.

Os jovens se permitem testar a reação dos pares, observar quais estão mais associados a um padrão de comportamento mais aceitável em meninos do que em meninas, ou vice-versa.

Nessas brincadeiras, os jovens parecem experimentar sensações de constrangimentos, de apreensão com relação ao olhar do Grupo, em relação à aparência deles, à identidade sexual, dentre outros aspectos, funcionando como um espelho onde cada jovem ao olhar o comportamento do outro também se vê e questiona e/ou confirma comportamentos, valores e até preconceitos.

Esse conjunto de cenas revela e reitera a importância de se considerar o espaço das brincadeiras, das atividades recreativas e coletivas como momentos ricos de aprendizagem e oportunidade para que os educadores se relacionem com os jovens e conheçam suas formas e expressões.

Foi nesse processo que percebi que, na escola, em geral, os meninos e meninas da capoeira não eram muito participativos.

Ficavam mais quietos pelo recreio, distribuídos em pequenos grupos, separados uns dos outros, somente se encontrando e conversando esporadicamente. No espaço escolar eles não formavam um grupo unido e coeso. Cada um estabelecia outras relações e agrupamentos dentro da escola.

Mais tarde, com o convívio prolongado, percebi que os laços que os unia no Grupo de Capoeira M.B não se desfaziam na escola, mas, nesse cenário, os jovens se misturavam aos outros alunos e se agrupavam, na maior parte do tempo, com os colegas das suas respectivas turmas e ciclo de estudos. O recreio exercia relevante papel na reprodução da vida escolar.

Ao contrário do que muitas vezes pensei como professora, e ouvi de vários alunos, para muitos jovens, até mesmo os do Grupo de Capoeira, vir para a escola era motivo de alegria; eles vinham "numa boa".

E realmente chegavam alegres e diziam gostar da escola, dos amigos que faziam, dos professores e, principalmente, do fato de estudarem naquela escola, considerada por eles e seus pais como a melhor escola pública da região. As conversas informais me ajudaram a perceber que para muitos daqueles jovens a Escola Sédna era definida com positividade.

Muitos acreditavam que estudar faria diferença na vida deles, não imediatamente, mas no futuro. Outros acreditavam que estudar em uma escola reconhecida como portadora de um ensino "apertado", "puxado", faria diferença na formação deles e nas oportunidades de concursos e trabalhos no futuro.

A princípio, interpretei que essa alegria se relacionava mais com o prazer de estar entre pares, fazer e encontrar amigos do que propriamente estar na escola e estudar. Ouvindo, porém, um pouco mais, interpretei também que a alegria desses jovens dizia da existência de um "certo sentido" encontrado por eles *na* e *para* a escola.

Questionei-me se interpretar a socialização como único sentido da escola expresso pelos jovens, se não se estaria restringindo – ou mesmo simplificando – a análise de seu universo simbólico.

Por mais prazerosos que fossem os encontros e as caminhadas em grupo pela manhã, os momentos de trocas anteriores à entrada na escola e as expectativas criadas em torno dos possíveis encontros, rolos e amizades, a socialização não poderia ser o único sentido posto pelos jovens como motivação para irem à escola.

As cenas e falas indicavam, ainda, outro sentido, não imediato, mas posto no futuro.

Vários jovens, até mesmo alguns da capoeira, expressavam claramente a crença no estudo e, mais especificamente, na oportunidade de estudar em uma escola considerada por eles e suas famílias como "de boa qualidade", "a melhor em sua região" um dos pré-requisitos para a construção de um futuro mais promissor. Para muitos daqueles jovens, a escola ainda é percebida, ou significada, como parte constitutiva de seus projetos de vida. Ainda que não consigam relacionar o que aprendem e vivenciam na escola com a vida prática, no presente, acreditam que, *se pra quem estuda está difícil, quem não está na Escola não tem chance de melhorar de vida, conseguir um bom emprego!*

Torna-se, assim, importante enfatizar a importância da escola como instituição de formação e socialização de adolescentes e jovens, entendê-los, e, certamente, tantos outros sentidos que se depreendem no diálogo com *esta moçada.*

Apesar de toda a crise por que a educação formal vem passando, essa instituição ainda é percebida como importante e parte do projeto de vida de muitos jovens. Embora não acreditem que a escola é garantia de uma ascensão social, ainda a percebem como necessária e parte das estratégias de construção de futuro ou, para dizer com Certeau, construção de um espaço próprio no futuro.

É preciso refletir sobre o papel da escola no "hoje" desses jovens.

O papel já tão familiarizado da escola como espaço socializador das novas gerações precisa ser problematizado e ampliado. Os jovens expressaram de diferentes formas, e em distintas ocasiões, não encontrar sentidos, ou, como explica Charlot, um "certo eco", ou uma ressonância entre suas vivências e necessidades presentes nas atividades e conteúdos escolares. Esses mesmos jovens que expressaram alegria em vir para a escola e a consideram importante em seus projetos de futuro, não se sentem mobilizados *com* e *para com* os saberes escolares. Por isso, talvez, o sentido, ou sentidos da escola, no presente dizerem apenas dela como lugar onde são tecidas redes de sociabilidade.

Se considerarmos as estatísticas e os noticiários que apresentam a juventude – principalmente masculina, negra e moradora da periferia dos grandes centros urbanos – como os maiores protagonistas e, ao mesmo tempo, maiores vítimas da violência urbana, e o grande envolvimento da população adolescente com as drogas, podemos perceber: para muitos jovens, a perspectiva de futuro é algo que se apresenta muito fugaz e distante!

Esse dado nos obriga a pensar sobre o lugar da escola no presente, para que talvez haja algum futuro diferente desse apontado pelos números e pelos noticiários.

Cultura simbólica, juventude e saberes – a instituição escolar e o Grupo de Capoeira M.B

É preciso esclarecer e explicitar que a concepção de cultura com a qual me aproximei dos jovens da Escola Sédna é a que considera a "cultura como sistemas simbólicos". Essa vertente foi desenvolvida nos Estados Unidos e tem como principais representantes Cliford Geertz e David Schneider[6].

A compreensão de Geertz (1989, p. 16) é de que a cultura é "como texto a ser lido e interpretado", ressalvando que

> o método de exegese pode até variar, mas, em cada caso, a leitura é feita em busca do significado – o significado inscrito pelos contemporâneos no que quer que sobreviva de sua visão de mundo.

Para a pesquisa em questão neste livro, isso implicou a tentativa de "ler" as expressões cotidianas dos jovens com base na observação e na descrição delas, inseridas e interpretadas no contexto mais amplo das relações juvenis

---

[6] A menção a David Schneider foi destacada de Laraia (2001).

com espaços e instituições culturais. Aqui, ainda com Geertz (1968, *apud* McLaren, 1992), a concepção de cultura se situa dentro da vertente idealista, e é vista também como um sistema de símbolos, ou melhor, como:

> um padrão historicamente transmitido de significados encarnados em símbolos, um sistema de concepções herdadas, expressas em forma simbólica por meio dos quais os homens comunicam, perpetuam e desenvolvem seu conhecimento e atitudes em relação a vida.

Dessa forma, a cultura dos jovens aqui pesquisados da Escola Sédna está sendo entendida nos termos definidos por Geertz (1989, p. 15), para quem cultura é um conceito

> [...] essencialmente semiótico. Acreditando, como Max Weber, que o homem é um animal amarrado a teias de significado que ele próprio teceu, assumo a cultura como sendo essas teias e a sua análise; portanto, não como uma ciência experimental em busca de leis, mas como uma ciência interpretativa, à procura do significado.

A cultura é o campo do simbólico, dos significados, rituais, valores e sentidos. Desse ponto de vista, analisar a cultura juvenil é buscar resgatar esses símbolos, rituais e outros tantos mecanismos nos modos como os próprios atores os elaboram e os expressam. É desvendar "as teias de significados por eles (jovens) próprios tecidas", buscando não um conjunto de leis gerais sobre a relação jovens/ grupos e escola, mas os significados que singularizem as situações sociais, as ações e os pensamentos dos sujeitos específicos desta pesquisa.

Acrescento ao entendimento de cultura como sistemas simbólicos a compreensão de que o simbólico não é um nível independente que flutua sobre o econômico e o político, mas está amarrado "às superfícies ásperas", ou seja: ao contexto histórico, social, econômico e institucional no qual se encontra. Nesta pesquisa, procurei inserir a análise cultural dos jovens no cotidiano da escola e do grupo juvenil de capoeira no fluxo dos acontecimentos históricos concretos e determinados temporal e espacialmente.

Bourdieu (1983) afirma que a juventude é apenas uma palavra.

Assim como a cultura, juventude é uma palavra polissêmica que remete a um campo minado, cheio de armadilhas e de indefinições. Para se discutir a cultura juvenil, é preciso descortinar, também, o cenário das discussões atuais sobre juventude. A juventude pode ser pensada com base em vários campos e perspectivas.

Aqui, neste livro, a juventude é vista por uma perspectiva histórico-antropológica, uma construção social. Historicamente, em diferentes épocas e lugares, as sociedades criaram maneiras próprias de classificar as fases da vida, atribuindo a cada uma delas diferentes sentidos e significados.

O reconhecimento do caráter de construção social da juventude parece já ser certo lugar comum nos estudos sobre jovens e culturas juvenis, porém, o mesmo não pode ainda ser dito com relação ao reconhecimento da existência da juventude como etapa distinta da infância e da vida adulta e da importância de organizações ou grupos juvenis em sociedades denominadas "tradicionais", "primitiva" ou "simples", nem mesmo em relação a sociedades européias "pré-modernas".

Esse não-reconhecimento talvez se explique, por um lado, pela utilização dos modelos de juventude e referências contemporâneas de culturas juvenis na observação ou análise de tais sociedades. Assim, o pesquisador, ao olhar essas sociedades com os olhos e os conceitos contemporâneos de juventude e ao tomá-los como o padrão de referência, acabam por não reconhecer nas sociedades pré-modernas formas de distinção dessa fase da vida e de demarcar duração, características e funções dos indivíduos a ela pertencentes.

Por outro lado, uma análise cultural das expressões juvenis na contemporaneidade que utilize apenas da dimensão sincrônica pode levar o pesquisador a pensar como fenômeno inteiramente novo a relação desse segmento da população com as formas culturais e simbólicas de expressão, por não estabelecer uma leitura mais diacrônica ou histórica dos fenômenos juvenis atuais. Ao agir dessa forma tende-se a não perceber ou reconhecer a existência de outras experiências e situações, e, assim, não ter meios de estabelecer relações mais densas e duradouras sobre os sentidos e significados para os jovens, hoje.

Abramo (1994) – referência primeira para quem pesquisa sobre juventude no Brasil – apresenta os estudos de Eisenstadt (1976) e Ariés (1989) como fundamentais para o entendimento da juventude como categoria social e historicamente construída.

Parti dos estudos já realizados por ela no intuito de avançar um pouco mais no entendimento da construção histórica dessa categoria, buscando entender a composição de diferentes imagens e dos diferentes sentidos e significados atribuídos aos jovens e à juventude em outras épocas e lugares. E, com esse procedimento, pensar historicamente a relação juventude/escola e grupos juvenis.

Após a leitura desses dois autores referenciados por Abramo, decidi buscar outros referenciais históricos para pensar a construção da categoria juventude, as diferentes imagens, papéis e espaços a ele relacionados. Iniciei um diálogo com a historiadora norte-americana, Natalie Zenon

Davis, mais particularmente com o quarto capítulo do seu livro *Culturas do povo-sociedade e cultura no início da França Moderna*, publicado no Brasil em 1990.

Nesse livro, Davis publica os resultados de seus estudos sobre a vida cotidiana e a cultura popular na França no século XVI, objetivando compreender o papel da cultura na dinâmica e transformação social, ou, no dizer do professor Antônio Augusto Arantes, no prefácio do livro:

> com a preocupação básica em entender mudanças na estrutura social, Davis deixa de lado os grandes conceitos explicativos da estratificação social e dedica-se a reconstituir as relações dinâmicas entre categorias e grupos sociais. 'Gente modesta' é a categoria mais abrangente na qual a autora identifica os seus principais atores, sejam eles mulheres, jovens solteiros, escritores, printers journeymen, católicos, protestantes, humanistas ou não. (DAVIS, 1990, p. 4)

No capítulo "Razões do desgoverno", Davis pesquisou sobre a vida festiva nas comunidades agrárias da França, no século XVI, final da Idade Média, denominadas, de uma forma genérica, "charrivaris".

Essas festas eram muito comuns na vida de todas as cidades francesas, como também em toda a Europa Ocidental nesse período. Consistiam, basicamente, segundo Davis (1990, p. 87), em as pessoas esconderem-se, por meio de fantasias, numa demonstração barulhenta de mascarados com objetivos muito diversificados: "humilhar algum malfeitor da comunidade, fazer desfiles e carros alegóricos; coleta e distribuição de dinheiro e/ou doces, dançar, tocar, acender fogueiras, declamação de poemas, jogos de azar e competições de atletismo".

Essas festas ocorreriam em intervalos regulares, seguindo o calendário religioso, sazonal (os doze dias de

Natal, os dias da Quaresma...) e também pelos eventos domésticos, como casamentos e outros assuntos familiares, ou, simplesmente, "sempre que a ocasião permitisse". De acordo com Davis (1990, p. 88), as festas não eram "oficiais nas cidades francesas do século XVI, o governo municipal não as planejava, programava ou financiava". A festa urbana denominada "dos bobos, realizada na época do Natal" era organizada pelo clero[7]. As demais eram planejadas e organizadas,

> por grupos informais de amigos e familiares, às vezes, por Guildas ou confrarias de artesãos ou outros profissionais e, com muita freqüência, por organizações que os historiadores da literatura chama "societés joyeuses" (sociedades alegres ou sociedades de jogos), mas que chamarei de "abadias" (as abadias dos desgovernos) (p. 88)

Em suas pesquisas, Davis descobriu que "em toda a França, desde o século XII (e sem dúvida desde antes) havia nas comunidades camponesas, organização de rapazes que tinham chegado a puberdade". Ela identificou variados nomes com os quais eram classificados esses jovens, ("varlets", "compagnons a marriés"), como também suas organizações, ("bachelleries", "abadias da juventude"), nas diferentes cidades.

Davis (1990, p. 92) explica que

> uma vez que os moços das aldeias comumente não casavam até o início ou meados dos seus vinte anos,

---

[7] Festa dos Bobos: um dos festivais urbanos comuns nas cidades francesas e outras da Europa Ocidental na Idade Média, que ocorria na época do Natal. De acordo com Davis, ela ocorria quando um coroinha ou capelão era eleito bispo e liderava a festa enquanto o baixo clero imitava a missa e até a confissão, conduzindo um asno em torno da igreja. Essa "desordeira Saturnal", segundo a historiadora, já estava sendo banida das comunidades francesas no final do século XV.

do século XV ao XVI, seu tempo de jeunesse era longo, e o número de solteiros em relação ao número total de homens da aldeia era bastante alto. Todos os anos, antes da Quaresma, depois do Natal, ou em outra época, eles elegiam um rei ou abade dentre eles.

Assim, ela conclui que essas abadias, em sua concepção inicial, eram "um grupo de jovens", confirmando o que estudos antropológicos já indicavam: a existência nas sociedades européias tradicionais, anteriores ao processo de industrialização e instituição da escolarização, de um reconhecimento da juventude como uma fase da vida distinta da infância e do mundo adulto. Conseqüentemente, seus estudos indicam uma relação bem mais antiga e importante entre juventude, grupos, vida cultural e dimensão simbólica.

Davis (1990) analisa que, nessas sociedades não somente era reconhecida e classificada a juventude como etapa distinta, mas, também, construíam-se imagens e representações sobre ela, e atribuía-se aos jovens um papel de destaque em suas comunidades. Esse fato é evidenciado pela existência de grande número de "grupos juvenis" denominados "abadias" ou "reinos da juventude", onde os jovens e adolescentes se reuniam e tornavam-se responsáveis por organizar as festas, dentre outras atividades importantes para a reprodução da vida social dessas comunidades:

> Mas esses jovens das Abadias tinham um âmbito de jurisdição e de responsabilidades festivas surpreendente. Eles se encontravam com jovens de outras paróquias durante o Mardi Grãs para o soule, um jogo de futebol violento, e em outras ocasiões mediam suas forças com os homens casados em sua própria aldeia. Na Fête des Bransdons, no inicio da Quaresma, eram eles que levavam as tochas de palha acesas e

> pulavam e dançavam para assegurar a fertilidade agrícola e sexual da aldeia no ano seguinte, e, no dia de Todos os Santos, eram eles que tocavam os sinos pelos ancestrais mortos na aldeia [...]. (p. 92-93)

Analisando as festas e as cerimônias das abadias da juventude, a autora entende que elas funcionavam como ritos de passagem, "espaçados ao longo de alguns anos, em comunidades nas quais as expectativas da velha geração em relação aos jovens e as expectativas dos jovens em relação a si mesmos não eram muito diferentes" (p. 95).

Com esses estudos, Davis (1990) discorda de Áries (1989), quando este afirma, categoricamente, que os europeus não distinguiam infância da adolescência antes do final do século XVIII, "que não havia espaço para a adolescência nos séculos anteriores". Afirma que tanto aldeões quanto a literatura médica, os manuais religiosos e impressos populares distinguiam, ainda no século XVI, a adolescência como um período de maturação sexual. Ela argumenta:

> Embora os aldeões obviamente não possuíssem uma teoria da psicodinâmica do desenvolvimento adolescente masculino, e embora a sociedade rural não estimulasse a possibilidade de exploração de identidades alternativas (exceto para o jovem que decidisse ir para a cidade) esses grupos de juventude não obstante cumpriam certas funções que atribuímos a adolescência. (p. 95)

Nos estudos da autora, entende-se que, por meio da organização das festas, dos rituais e das inúmeras atribuições dos grupos, os jovens eram socializados no que denominou de "consciência de sua comunidade". Em nota de pé de página, dialogando com Áries (1989), Davis (1990, p. 95) alerta para o cuidado necessário a quem pesquisa sobre juventude e adolescência em não "reservar" ao termo "apenas as formas e definições" contemporâneas.

Com respeito à literatura e aos tratados médicos da época, uma vez mais, Davis (p. 96) diverge de Ariés, afirmando que essa literatura

> não apresenta a caracterização destas fases da mesma forma como nas sociedades atuais, mas não se pode ignorar que já a reconheciam e a caracterizavam como uma fase distinta da infância.

Para esse propósito, e buscando subsídio para entender os jovens pesquisados da Escola Sédna, trago ao palco desta discussão a coletânea intitulada *História dos jovens*, organizada por Levi e Schimitt (1996), por entender que essa obra pode acrescentar uma grande diversidade de informações e ampliar o conhecimento histórico sobre a juventude, possibilitando uma interpretação mais densa das culturas juvenis.

Esses dois autores, à semelhança dos outros autores aqui referidos, preocupam-se em destacar o caráter de construção social da juventude. Identificam critérios de diferenciação na condição juvenil de acordo com a época e o lugar em que os jovens viveram e, também, dentro de uma mesma sociedade e de uma mesma época, bem como aquelas relativas à condição social e ao sexo.

Desde essas perspectivas, Levi e Schimitt afirmam que a juventude, sendo uma construção social, não poderia, em nenhum período histórico, ser definida segundo critérios exclusivamente biológicos ou jurídicos.

Para eles, "a juventude sempre e em todos os lugares é investida também de outros símbolos e de outros valores, escapando as definições puramente naturais" (LEVI; SCHIMITT, 1996, p. 14).

No entendimento desses historiadores, os Estudos Históricos evidenciam a existência de múltiplas formas e configurações na forma de ser jovem em diferentes tempos e localidades, e essas diferenças não concernem apenas a épocas muito distantes entre si. Concernem também a problemas e aspectos gerais sobre os jovens que variam de lugar para lugar, e dentro da mesma sociedade, dependendo do que se propõe estudar.

A juventude é uma construção social que traz consigo uma forte marca de historicidade, e não é um processo evolutivo, mas experiências e modos de viver, de estar no mundo e de enxergar essa própria fase de formas distintas, compreendidas em seus próprios contextos. A juventude não é somente uma fase da vida, mas, ainda, uma representação, conjunto de imagens historicamente marcadas, com sentidos, significados e diferentes simbolismos, como se pode ver para os sujeitos-atores desta pesquisa.

Os estudos mais recentes no campo da Educação se referem a *juventudes*, no plural, enfatizam a historicidade da categoria e como cada sociedade atribui diferentes características, expectativas, representações e imagens sobre os jovens, definindo diferentes maneiras de enxergar e de viver a fase da juventude.

O Grupo de Capoeira M.B na Escola Sédna

Dentre os 20 jovens que compunham a "Galerinha da Capoeira", havia alunos e ex-alunos da Escola Sédna, além de jovens alunos de outras escolas da região Saturno. Eram jovens dos três turnos da escola, e entre todos a idade variava de 13 a 20 anos (desde a 8ª série do Ciclo Fundamental até os 2° e 3° anos do Ensino Médio). Dalva, de 19 anos, era ex-aluna e já concluíra o Ensino Médio.

O Grupo de Capoeira M.B se reúne na Escola Sédna, mas não faz parte dessa instituição. Essa é a primeira e importante constatação.

Apesar de contar com a presença e participação de um grande número de jovens que estudam na escola, é um grupo de iniciativa e responsabilidade de um jovem do bairro e não conta com a participação de membros do corpo docente ou com a direção da escola. Existe pouca porosidade, pouco diálogo entre o Grupo e a escola e, assim, a instituição desconhece, em grande medida, o que acontece nesse seu *pedaço enxertado*.

O Grupo apenas utiliza os espaços da instituição para os treinos e Rodas. A escola autoriza o Grupo a utilizar o espaço da escola, mas não acompanha nem procura aproximação com este (exceto o projeto Sexta Cultural). Somente em alguns momentos, como o de um acidente com um aluno, ou para pedir autorização e/ou comunicar algum evento do Grupo na escola, o responsável pelo rupo e a direção da escola se comunicam.

Podemos dizer que o grupo se localiza na fronteira, em um lugar social intermediário situado entre o espaço de "dentro" e o espaço de "fora" da Escola Sédna. Porém, apesar de ocuparem o mesmo espaço geográfico, escola e grupo permanecem cindidos pela pouca porosidade das relações entre eles, o que gera pouco conhecimento e re-conhecimento mútuos e, dessa forma, poucas trocas entre os educadores da instituição e o educador da capoeira. Nenhuma outra manifestação cultural da comunidade en-contra espaço na instituição, e o Grupo de Capoeira M.B é bem-vindo e aceito na escola tanto pelos professores quanto pelos funcionários e alunos.

Em todo o tempo que freqüentei a escola, não regis-trei nenhuma reação contrária a presença do Grupo no recinto, com suas músicas ou batuques.

O que pude perceber é que a capoeira faz parte das vivências cotidianas das comunidades de origem dos alunos.

Juntamente com a escola, o Grupo, a "Galera do Grupo", constituía uma "mancha", utilizando a categoria de Magnani[8], aquela entendida como parte do *território* de socialização, interação, formação de valores, identidades e abertura de perspectiva de projetos de futuro para grande parte desses jovens, situados nas *fronteiras*, entre os espaços sociais e trajetórias juvenis distintas.

A Escola Sédna e o Grupo de Capoeira M.B, em muitos momentos, se tornavam palco dos encontros e desencontros desses espaços/mundos sociais tão próximos e tão distintos, em suas regras de convivência e valores. Os caminhos e lugares vivenciados e percorridos pelos jovens estudantes da escola e da Galera constituem as trajetórias juvenis nesse território de fronteira.

Esse território é formado: pela Escola Sédna – e dentro dela alguns outros pedaços: pátio, corredores, quadras; a rádio – e especialmente o espaço da Galera da Capoeira reunida no ginásio; pela favela vizinha da escola – onde moram muitos jovens que estudam na escola e praticam capoeira no Grupo M.B; e pelos bairros do entorno da escola – onde mora grande parte dos jovens pesquisados.

O Grupo se reúne na escola e não pertence ou faz parte dela, no currículo ou em seu projeto político-pedagógico geral. Entretanto, foi no turno noturno a única iniciativa de institucionalizar a relação escola e Grupo, fato cujo histórico contém aspectos relevantes que merecem ser apreciados, mesmo que as observações do turno da noite para a pesquisa não tenham sido tão freqüentes e intensas quanto as do turno da manhã.

---

[8] Ao estudar sobre as festas populares num bairro da cidade de São Paulo, Magnani (1984) formulou algumas categorias com as quais mapeou as vivências e os espaços de lazer nesses bairros: pedaço, mancha, trajetória.

O turno da noite não estava previsto na proposta inicial da pesquisa e foi incorporado em razão da inserção da capoeira nas oficinas do projeto Sexta Cultural.

Eu comparecia à escola duas noites por semana, centrando a observação no início do turno, quando o Grupo de Capoeira se retirava da escola, e nas noites de sexta-feira, no projeto Sexta Cultural. À noite, a Escola Sédna, como nos outros turnos, oferece o Ensino Regular e não trabalha com a modalidade de Educação de Jovens e Adultos (EJA). Até 2002, o noturno se estruturava de forma muito semelhante aos turnos da manhã e da tarde.

Por iniciativa de um grupo de professores, foi desenvolvido em 2003, pela primeira vez, um projeto específico para o turno da noite, instituindo, dentre outros aspectos, a Sexta Cultural.

Segundo seus autores, esse projeto nasceu das inquietações dos docentes diante da realidade complexa do ensino noturno e, assim, da busca destes por uma solução para os problemas que se prolongam e se complexificam durante toda a história da instituição, fazendo do noturno "quase" uma escola à parte dos outros turnos, tamanha sua especificidade, e com os problemas que também outras escolas enfrentam em seus turnos noturnos, como maior infreqüência – principalmente às sextas-feiras, tanto por parte de alunos, quanto de professores –, alta evasão de alunos durante o ano letivo e, sobretudo, nas sextas-feiras após o intervalo do recreio. No entendimento do grupo de professores,

> *é no ensino noturno que as dificuldades apontadas anteriormente se mostram de forma mais ostensiva. Embora parte de um todo, esse turno apresenta características específicas, necessidades e demandas muito particulares. É nele que a exclusão social assume sua verdadeira dimensão.* (PR)

A história do projeto Sexta Cultural começou em 2002, quando foi elaborado coletivamente um documento apresentando o projeto a ser implantado no ano letivo de 2003 à Regional Administrativa, que está subordinada à Secretaria Municipal de Ensino (SMED).

No processo de discussão que antecedeu a elaboração do documento e nos momentos posteriores em que, juntos, avaliavam o que estava dando certo ou não, os professores apropriavam-se das teorias educacionais, das orientações legais e dos seus "saberes práticos" e, "elevando-se" do espaço do cotidiano, buscavam novas maneiras de proceder. No dizer de Certeau (2003), "novos modos de fazer" e proceder na escola.

Nesse processo, os professores do noturno elaboraram um perfil do turno, identificando os fatores, características e contextos que percebiam como dificultadores do trabalho pedagógico e da relação professor/aluno: o descompromisso ou desencanto dos alunos com relação à instituição escolar – fato que resultaria na baixa freqüência às aulas e pouco envolvimento com as atividades propostas; a falta de material didático – tanto no Fundamental quanto no Ensino Médio; a inadequação dos livros didáticos – ora infantis, ora acima das possibilidades reais de apreensão, mas quase sempre desvinculados da realidade dos alunos; a percepção de que a escola é, exclusivamente, um espaço de lazer, alimentação e de outros interesses escusos e não revelados – daí a migração de grupos de outras escolas; e a baixa auto-estima – cristalizada em atitudes de afrontamento e de violência.

O documento apresentava objetivos e argumentos para implantar uma modificação nos módulos das aulas das noites de segundas e quintas-feiras, deixando dois módulos para o período depois do o recreio – com o objetivo de diminuir a evasão depois desse horário; e a substituição, nas noites de sextas- feiras, dos módulos tradicionais por oficinas, a fim de estimular a freqüência e a participação dos alunos. O projeto foi aprovado pela Secretaria Municipal de Educação e implantado durante todo o ano de letivo de 2003, do qual acompanhei apenas o primeiro semestre, período em que estava realizando a pesquisa de campo.

Na prática, o projeto Sexta Cultural interferia muito pouco na estrutura e na organização de funcionamento do turno nas noites *de segunda a quinta-feira*, apenas modificando o número de módulos-aula antes e depois do recreio, e não interferia diretamente na dinâmica e nos conteúdos das aulas.

A maior e mais significativa modificação introduzida ocorria às sextas-feiras, no lugar das aulas e conteúdos tradicionais, quando a escola oferecia oficinas diversas: capoeira, jogos dramáticos, matemática comercial, xadrez, máscaras, cinema, leitura de jornais, saúde e beleza, corpo em movimento, caligrafia, culinária, redação criativa, além de aulas de vôlei e de futebol de salão.

Essas oficinas eram ofertadas de acordo com as preferências e habilidades dos professores e contava com uma consulta aos alunos. A matrícula era realizada por inscrição e, de acordo com a capacidade de oferta de vaga de cada oficina, aberta a todos os alunos, que precisavam escolher uma da qual quisessem participar em cada semestre, trocando-a no semestre seguinte. Além dessas oficinas restritas aos alunos, eram oferecidas, também, oficinas de arte culinária e artesanato, abertas à comunidade.

Com o projeto, nas noites de sexta-feira a rotina da escola era totalmente modificada.

Alteravam-se os tempos, os conteúdos, a dinâmica das aulas, a disposição das salas e os usos que se faziam delas. Observei, porém, que, apesar dos esforços dos professores, a maioria das oficinas não obteve muito êxito.

No início do ano, os alunos pareciam estar entusiasmados com a modificação e houve maior participação. Aos poucos, porém, o entusiasmo foi diminuindo e a freqüência, também. Na avaliação do corpo docente, se comparada a freqüência nas oficinas com a freqüência das sextas-feiras de aula normal, teria havido uma "significativa melhora".

Sendo oficina ou aula tradicional, era reduzida a freqüência dos alunos do noturno nas sextas-feiras, principalmente depois do recreio.

Em algumas ocasiões, mesmos nas sextas-feiras de projeto, a escola, à noite, ficava praticamente vazia após o recreio. Mesmo com o Sexta Cultural, o turno tinha dificuldade em funcionar normalmente até o final. Em algumas noites faltava também um grande número de professores, o que comprometia o funcionamento do turno. Os poucos professores que compareciam temiam ficar sozinhos até mais tarde e depois sair da escola desacompanhados.

Em algumas vezes, vi que as aulas eram suspensas por falta de condição de segurança dos próprios alunos e dos professores, por causa de falta de energia na escola ou mesmo do medo provocado por conflitos violentos na favela Júpiter.

No turno da noite, a complexidade dos problemas que os docentes enfrentam exige medidas que extrapolam os esforços pedagógicos e metodológicos do corpo docente e do interesse e motivação dos alunos com a escola. A escola noturna está inserida em uma intrincada história e configuração que demanda diferentes ações para solucionar a questão da evasão e da infreqüência, e a escola, ou os educadores, sozinhos, são insuficientes para a solução de problemas, necessitando de uma ação conjunta com o Poder Público municipal.

Nesse contexto, é que obtive, por intermédio do coordenador do turno da manhã, informações sobre a existência do Grupo de Capoeira.

Soube que era um grupo de capoeira da comunidade que "utilizava" o espaço do ginásio da escola durante os intervalos do segundo para o terceiro turno. De imediato procurei conhecer esse Grupo, do qual participavam alunos da escola, sendo alguns deles do turno da manhã. Houve um episódio um pouco mais dramático que se tornou uma vivência fundamental para eu me situar entre eles. O episódio não passou de um grande susto.

Fui observar um treino do Grupo, em um sábado à tarde, quando a escola geralmente contava apenas, além dos jovens do Grupo, com a presença de um segurança e algum funcionário da limpeza. Tudo transcorria bem, muita música, jogo, dança, até a hora de treinar os saltos, quando os jovens se posicionavam, um de frente para o outro, mas separados por um espaço de aproximadamente um metro e meio de distância, formando um pequeno corredor.

Eles iam se revezando nos saltos, sendo que um formava com as duas mãos entrelaçadas um suporte onde o outro, apoiando um dos pés, tomava impulso e girava o corpo no ar, caindo novamente de pé. Um jovem de 20 anos, que não estudava na escola, tomou um impulso maior do que o previsto e caiu fora do colchão, batendo com a cabeça no chão.

Ele desmaiou e ficou inconsciente por alguns instantes.

Não sei precisar exatamente o tempo, pois fiquei aflita e fui ver como e o que poderia fazer. Ele teve um corte na parte de trás da cabeça, próximo ao pescoço. Nessa situação difícil, o jovem monitor de 23 anos mostrou-se muito responsável e seguro. Rapidamente pegou um kit de primeiros socorros, que levava sempre consigo nos treinos e Rodas "para o caso de alguma emergência" como esta, pôs uma luva de proteção, amparou o rapaz, pegando-lhe com cuidado a cabeça e colocou sobre sua perna. Nessa posição, procurava conversar com ele e ver se estava consciente ou não e, ao mesmo tempo, com uma gaze procurava estancar o sangue.

Enquanto isto, procurei acalmar alguns jovens que estavam mais aflitos e, junto com outro rapaz do Grupo, providenciamos o serviço de resgate da prefeitura, que chegou rapidamente e levou o rapaz para o hospital. O monitor foi na ambulância acompanhando-o e pediu a um dos meninos, vizinho deste, que avisasse a mãe do rapaz sobre o ocorrido. O jovem rapidamente se recuperou e, uma semana depois, já estava treinando de novo. Após vivermos juntos essa aventura, um sentimento mútuo de confiança e de proximidade foi se construindo entre nós. Dessa forma, uma identidade foi crescente e tornou-se constante. Eu era do grupo!

"Ser do grupo" era a chave, o passaporte para desenvolver um olhar de dentro.

A fala de um dos jovens do Grupo de capoeira, em determinado dia, logo após o batizado, traduz o sentimento deles em relação a esta pertença adotiva ao Grupo: *Nós valoriza você, porque você valorizou nós!* Assim, durante os meses de imersão no cotidiano do Grupo de Capoeira M.B e na Escola Sédna, por meio de conversas informais e, também, de entrevistas, fui conhecendo os jovens e suas histórias, desejos, sonhos, projetos de futuro, dentre outras coisas. Nesse contato, percebi que, diferentemente do que nos mostram diariamente os meios de comunicação de massa, principalmente a televisão, esses jovens, apesar das adversidades cotidianas, estão construindo trajetórias de vida belíssimas e densas de significados para nós, educadores.

Nas várias tardes que passei na companhia deles, sentava-me em um banco grande, localizado no fundo da quadra, que cabia aproximadamente cinco pessoas, e desse ponto observava o treino e as Rodas.

Nesse banco, conversava com os diferentes jovens que, sentados ao meu lado, nos intervalos dos treinos, ou nas tardes e noites que vinham somente para assistir aos treinos, por causa de uma torção, um resfriado ou outro motivo qualquer, me explicavam sobre os movimentos, os golpes, as seqüências e outros aspectos.

Muitos deles, à medida que a confiança ia sendo construída, contavam, além de histórias sobre a capoeira, histórias próprias, sobre o período da infância, a família, sobre onde moravam, sobre a escola, dentre outros assuntos pessoais, sem que houvesse muita necessidade de indagação. De toda forma, apesar de tudo que vivemos e dos vínculos estabelecidos, somente quando os jovens passaram a contar suas histórias e se prontificaram a conceder entrevistas para a pesquisa tive certeza de que tinha me situado entre eles, e, dessa forma, poderia construir uma interpretação de "dentro e de perto".

Percebe-se uma complexidade na conformação da capoeira do Grupo M.B.

Falcão (1996) afirma que, na atualidade, existem muitos mestres de capoeira que admitem não praticar nem a capoeira Angola, nem a Regional, declarando que praticam "capoeira" simplesmente, sem a preocupação de se definirem seguidores de um ou outro estilo. Nas observações realizadas com o Grupo M.B foi esse o fenômeno que observei e confirmei em conversas com o responsável pelo Grupo. Sobre esse aspecto, Reis (1993) mostra o espaço existente na capoeira atual para a "reinvenção das tradições no bojo desta arte-luta".

A capoeira do Grupo M.B somente passa a ser compreendida se introduzimos categorias como hibridismos e mestiçagens culturais, pois não encontramos as matrizes culturais separadas, definidas, mas, sim, profundamente mescladas e recriadas em uma nova linguagem entre o monitor e os alunos, e com relação à própria prática da capoeira.

É pertinente realizar um esclarecimento: ao falar de mestiçagem – ou como uma terminologia como "capoeira mestiça" pode sugerir – não me refiro, evidentemente, à mestiçagem biológica, que pode ser interpretada como mistura de "raças" puras, uma vez que a ciência contemporânea já provou suficientemente a inexistência delas.

Falo de *mestiçagens culturais*, ou seja, da presença de misturas ocorridas em tempos e contextos históricos definidos, de práticas, de valores, rituais, crenças, estilos, dentre outras.

A capoeira praticada no Grupo de Capoeira M.B é bastante distinta da capoeira primitiva. trazendo forte influência da mistura dos diversos estilos de capoeira: da Angola, de Mestre Pastinha; da Regional, de Mestre Bimba, com seus métodos e rituais; e de outras manifestações corporais. A capoeira traz em sua origem uma mescla de luta, vadiagem, batuque, dança, jogo, resistência, subversão, malandragem, esporte, dentre outras referências culturais.

Esta mescla é visível no Grupo M.B, onde coexistem valores e práticas muito distintas, oriundas de matrizes culturais muito diferentes. Nesse Grupo observa-se uma grande ênfase ao respeito às tradições e a preocupação com o resgate da história de luta dos escravos negros brasileiros pela libertação de sua condição de cativos, fatos que teriam originado a capoeira. No passado escravista do Brasil, buscam-se muitas referências da cultura afro, que pode ser percebida, principalmente, pela forma de vestir, de trançar os cabelos, nas tatuagens e adereços que os jovens colocam nos corpos.

Em suas falas, era comum a referência aos movimentos da ginga e da esquiva, simbolicamente associadas ao aprendizado de uma "certa malandragem do bem", referindo-se ao se ter "jogo de cintura" diante das dificuldades cotidianas e consideradas muito úteis na sobrevivência na rua, no bairro e nas Rodas de Capoeira:

> *Foi na capoeira que me tornei o que sou e aprendi tudo que sei, toda malandragem que aprendi, o jogo de cintura para sobreviver na rua, foi a capoeira que me deu!* (Tubarão, membro do Grupo M.B)

Quando a questão era posta com relação à escola, família ou grupo, a malandragem, ou a ludibriação, a resistência e a desobediências às normas instituídas já não eram tão evidenciadas. Nesse contexto, os valores difundidos *no* e *pelo* Grupo eram muito próximos dos valores atribuídos à escola pelos professores entrevistados e apoiados em valores introduzidos na prática da capoeira por Mestre Bimba, com a capoeira regional, onde o respeito ao mestre é um dos pilares considerados uma das mais antigas tradições dessa prática.

No documento produzido pelo Grupo de Capoeira Cais da Bahia – apostila organizada por esse grupo contendo várias informações sobre as tradições da capoeira e também muitas músicas que são tocadas e cantadas por vários grupos – consta que "já nas antigas Rodas o Mestre figurava como expoente máximo, assumindo o papel de comando na realização dos ritos de Roda." Não há no documento precisão quanto ao tempo que seria este "já nas antigas Rodas". Sabemos, porém, que os antigos escravos, provavelmente, não se designaram "mestres", tampouco estabeleceram a terminologia "comando".

Assim, temos duas matrizes culturais distintas agregando valores diversos ao ideário do Grupo M.B, bem como introduzindo novas modalidades, regras, costumes, imprimindo novas marcas, gestos e atitudes nos jovens que participam do Grupo. A essas duas matrizes é importante acrescentar, ainda, de acordo com as conversas e observações realizadas no Grupo, com mestres e professores de capoeira – posteriormente referendadas em alguns estudos –, uma terceira matriz cultural perceptível na prática do M.B. Quais seriam essas três matrizes?

A primeira, a da *cultura fundante* da própria capoeira, ou seja, a cultura afro-brasileira expressa nas histórias, nos movimentos básicos, na Roda, na luta, nos instrumentos, na música e, principalmente, na inscrição corporal dessa cultura realizada pelos jovens praticantes da capoeira por meio das técnicas corporais, dos gestos, da forma de andar, das vestimentas, dos estilos de penteados e adereços, como tiaras, *dreads* colares, pulseira e tatuagens "impregnadas de africanidades" (GOMES, 2003, p. 83).

Depois, a matriz de uma *cultura acadêmica/universitária* introduzindo metodologias, rituais e linguagens novas: a influência na formalização do aprendizado da capoeira, instituição da academia, dos cursos, das especializações, a introdução da avaliação, das graduações e dos rituais demarcadores de distinções e passagens: formatura e batizado (entrega de certificados, graduações e hierarquias). Ainda nessa matriz, a cultura militar, incorporada à capoeira via aproximação com a universidade e a educação física militarista da década de 1930.

Nesse sentido, é adotada a estrutura dos treinos, onde os alunos são agrupados em filas, obedecendo a uma hierarquia interna ao Grupo; a linguagem com os termos "formar", "comando"; e no ritual e expressão de "pagar" com séries de abdominais as atitudes de "falta de respeito ao professor, ou indisciplina" nos treinos e Roda. Percebe-se, nos treinos do Grupo, a existência de uma "disciplina corporal" moldada no princípio da autoridade e da força.

E, ainda, uma *matriz da cultura oriental,* mediante a aproximação da capoeira com as artes marciais, como judô, jiu-jítsu e tae kwon do. Essa influência não é muito perceptível como as duas anteriores, e consiste na apropriação e adaptação que alguns capoeiristas fazem dos movimentos e golpes dessas outras artes, para imprimir um estilo próprio ao entrar na Roda. De acordo com o monitor do Grupo M.B, os golpes frontais, de ataque, foram todos adaptados dos golpes já existentes e praticados por essas modalidades esportivas orientais, pois, segundo ele, a capoeira tradicional ou primitiva consistia, basicamente de movimentos de defesa que objetivavam desequilibrar e desarmar o oponente.

Os rituais juvenis na escola e na capoeira como encenações

Ao descrever e analisar o cotidiano escolar e o Grupo de Capoeira M.B, em certa medida é preciso mostrar como os rituais são parte constitutiva da rotina da escola e dos jovens na escola. A descrição e análise dos eventos, projetos e cenas aqui dizem respeito diretamente ao intuito de compreender as culturas juvenis no cotidiano da escola.

Tornou-se fundamental entender o funcionamento do turno observado, bem como o funcionamento dos rituais e da forma de organização do turno, que, com certeza, delimitam espaços, estabelecem ritmos, horários e, em certa medida, dão um tom particular às expressões culturais juvenis em seu interior. Na observação da escola, privilegiei os horários e os espaços em que os contatos e as vivências juvenis eram mais visíveis e nos quais poderia observar, e assim distinguir, o cotidiano e o não-cotidiano das vivências e expressões juvenis na Escola Sédna.

Inseri tanto os rituais observados como instituídos *na* e *pela* Escola Sédna quanto os rituais que os alunos estabelecem diariamente nas vivências escolares nos espaços e tempos observados.

Com McLaren (1992), compartilhei a crença de que as escolas servem como cenário privilegiado de encontros, trocas simbólicas e ricos "repositórios de sistemas culturais". As dimensões ritualísticas são intrínsecas aos eventos e negociações da vida institucional e da tessitura da cultura da escola. Baseando-me nos argumentos de McLaren (1992, p. 29), entendi que "um exame da Escola como uma representação teatral ritualística fornece uma base fecunda para perceber o *modus operandi* do encontro pedagógico".

Os rituais são como encenações, e não era diferente para o Grupo M.B.

Há códigos lingüísticos identificados e muito utilizados, como: *formar*, para indicar o início/reinício dos tempos de treino; *vai!*, para indicar o início da série e/ou seqüência de movimentos; *comando*, que é referência à posição de quem está coordenando o treino; *pagar*, que indica disciplinamento, por meio da realização de séries de exercícios extras de abdominais ou flexões.

Os encontros do Grupo são denominados "treinos" e constam da seguinte estrutura e formato:

• O *primeiro momento*, o da chegada: cumprimentos com três toques de mãos, de punhos fechados. Este é um importante ritual instituído e praticado pelo Grupo, criado pelo monitor com o objetivo de integrar os membros, com o fim de desfazer possíveis panelinhas ou rivalidades e explicitando os conflitos.

• O *segundo momento*, o de aquecimento: corrida diversificada, brincadeiras (pegador).

• O *terceiro momento*, o de início das séries de treino: geralmente dividido entre três ou quatro tempos, ou seqüências, com duração aproximada de 10 a 15 minutos cada, intercalados por intervalos de cinco minutos, aproximadamente.

• O *quarto momento*, o da Roda de Capoeira, que, geralmente, durava em torno de 20 minutos, nos dias da semana, e 40 minutos, nos treinos dos sábados ou período de férias escolares.

• O *quinto momento*, o da Roda de Conversa, que, geralmente, durava entre 15 ou 20 minutos, mas, dependendo dos problemas de relacionamentos surgidos no Grupo ou da proximidade de algum evento, programa ou cerimônia, poderia durar de 30 minutos para mais.

• E o *sexto momento*, o da despedida do Grupo.

Compreendi que os rituais de chegada e de despedida funcionavam como um sistema de códigos que identificava quem era do Grupo ou não, cumprindo a função de demarcar as fronteiras territoriais simbólicas deste, ao estabelecer uma forma própria de aproximação e cumprimento, definindo quem era "de dentro" e quem era "de fora". Ao mesmo tempo, esses rituais demarcavam, também, o espaço da escola, a quadra ou o ginásio, palco dos encontros do Grupo e o território geográfico da "Galera da Capoeira": o pedaço deles!

Os rituais de chegada e despedida cumpriam, ainda, uma terceira função, que era a de indicar, evidenciar, possíveis conflitos entre os membros do Grupo e possibilitar, quase impor, uma resolução – ou ao menos limites – para desavenças e rivalidades dentro do território.

Em minhas observações percebi que, na chegada, era mais difícil manter o ritual.

Primeiramente, porque nem sempre todos chegavam antes de o treino iniciar-se, e, quando algum aluno chegava atrasado por algum motivo, corria um pouco sozinho para aquecer, fazia alguns exercícios de alongamento e já entrava no treino. Dessa forma, na chegada os jovens poderiam encontrar certo espaço para burlar com o combinado, evitando, assim, ter de cumprimentar e olhar nos olhos de alguém com quem não simpatizava ou estava tendo algum problema de relacionamento.

O que já não era tão fácil de conseguir no ritual da despedida. Esse ritual acontecia ao fim de todos os encontros e, antes de se dispersarem, *todos os* participantes do Grupo, e também os convidados, formavam ou permaneciam posicionados em forma de círculo. Para o ritual, em alguns dias o grupo era formado por pessoas "de fora" que vinham participar da Roda: pai, mãe, irmão, ou outro familiar ou amigo, que se tornavam, naquele encontro, "parte do Grupo".

Invariavelmente acontecia o movimento realizado em *forma de caracol*, com os participantes passando, um a um, diante do monitor e dos demais colegas. Neste movimento cada membro se despedia de todos que estavam na Roda, sem exceção. Após o cumprimento do ritual que determinava que cada um devia, "olhando nos olhos", cumprimentar um a um seus colegas, o monitor e os convidados, todos se juntavam no centro da Roda e, levantando as mãos simultaneamente, gritavam bem alto: "Salve a capoeira!" Somente após esse ritual o Grupo se dispersava!

Nesse ritual de despedida ficava mais evidenciado, para o monitor e os demais participantes do Grupo, quando um aluno estava tendo dificuldade de relacionamento com outro.

Muitas vezes, no momento de se olharem nos olhos, algum aluno abaixava a cabeça ou desviava o olhar, mas não tinha como deixar de cumprimentar o colega. A importância desse ritual para os jovens como marca do pertencimento à "Galera" – principalmente da relação de *valor de olhar nos olhos* – ficou bem clara pela cena em que Doc, aluno do turno da noite, depois de se afastar do Grupo M.B, e deixando de "ser parte desta Galera", não conseguiu olhar nos olhos dos colegas e, principalmente do monitor, quando se encontraram no portão da escola, na saída do treino e início das aulas do turno da noite.

Essa cena mostra a importância dos rituais na formação, no dizer de Fabre (1996), do "grupo em si", da constituição do sentimento de pertença e da força de comunicação simbólica desses rituais, às vezes considerados esvaziados de sentidos com gestos repetitivos e mecânicos, estabelecidos entre membros de um grupo, comunidade, dentre outros.

Da mesma forma, essa cena nos mostra como, na escola, a observação dos pequenos rituais, defendido por McLarem (1992), pode nos dizer da existência de várias linguagens, códigos e dos significados que se constroem nas relações entre professores e alunos, bem como nas interações dentro e fora das salas de aula, e de que forma são nelas incorporados e manifestados.

O batizado é um dos rituais mais significativos para os jovens que praticam capoeira, e assim o era para o Grupo de Capoeira M.B.

Hoje, ele consiste em uma cerimônia em que o aluno iniciante, após um período de treinamento, recebe a primeira corda ou cordel, dependendo do grupo em que está inserido.

No Grupo M.B, o batizado é o momento em que os novos alunos são apresentados à comunidade da capoeira e passam a ser considerados "capoeiristas".

Para o aluno ser batizado, ele deve jogar com um mestre ou um professor convidado e por ele ser derrubado. Esta honraria é o símbolo de sua aceitação e inserção no mundo da capoeira. Após esse ritual de iniciação, o aluno recebe do mestre ou professor que o batizou a corda referente à graduação obtida mediante um processo de avaliação de seu aprendizado – que será descrito a seguir – e, também, um certificado de seu batizado e da graduação que recebeu.

O batizado significa a cerimônia na qual os outros alunos que já foram batizados em outras cerimônias e são candidatos a uma nova graduação trocam suas cordas e recebem seus respectivos certificados. Estes não precisam ser novamente derrubados, mas, sim, jogar com outro capoeirista, da mesma graduação ou superior, e demonstrar seus progressos jogando de acordo com os ritmos ditados pelos toques do berimbau. Essa é a forma exigida para ele demonstrar que conhece os códigos e as tradições da capoeira.

Um dia inteiro de atividades! Uma festa, ou, no dizer de Jê, o monitor, um grande "evento cultural".

Foi isso que o Grupo, com a orientação do monitor, preparou para o "dia do batizado".

O dia foi programado para oferecer aos jovens do Grupo, familiares e amigos várias programações diferentes. Foram convidados grupos de *hip-hop*, uma dupla de malabares, um grupo de pagode e jovens do projeto Tambolelê, além de membros do grupo Berimbraw, para se apresentarem no dia. Esse dia começou e se encerrou com os shows dos grupos juvenis.

O grupo de *hip-hop* abriu as festividades às 10 horas, sendo seguido pelo show de uma dupla de jovens malabares e o grupo de pagode Suwingados encerrou o evento às 17 horas. A cerimônia do batizado, propriamente dita, iniciou-se por volta do meio-dia e terminou próximo às 14 horas.

Na abertura da cerimônia, o monitor agradeceu a presença dos convidados e chamou todos os jovens e as crianças que iriam ser batizadas. Os três grupos do Projeto Cultural M.B formaram uma grande roda e os alunos, novos capoeiristas, foram apresentados a todos os presentes na festa, principalmente aos mestres e professores, representantes do mundo da capoeira.

Em seguida, o monitor agradeceu a um vereador que contribuiu para realização do batizado, às professoras da Escola Municipal de Ensino Especial que estavam presentes e ajudaram, levando e cuidando dos alunos, e, ao final, fez um agradecimento a mim, que estava envolvida no momento com a filmagem da festa.

Na seqüência, deu-se início ao batizado, com os mestres e os professores sendo convidados para compor a Roda e tocar os instrumentos.

Primeiramente houve uma Roda de Iuna, da qual, seguindo a tradição, somente os mestres, professores e capoeiristas graduados participam. Como sinal de respeito e honraria, os primeiros jogadores foram o monitor e o mestre, responsável pela introdução da capoeira no Estado de

Minas Gerais[9]. Em seguida, foram entrando outros jogadores, e os alunos permaneceram na Roda, cantando e batendo palmas.

Após essa primeira Roda, os alunos, um a um, foram sendo chamados, apresentados e batizados. Após serem batizados, recebiam o certificado e a corda na cor decidida pelo monitor, em razão da avaliação anterior. O batizado consistia em entrar oficialmente na Roda pela primeira vez, diante da comunidade de capoeiristas ali presente, e ser "derrubado" com um golpe por um mestre ou professor.

Esta parte do ritual do batizado causava certa apreensão, principalmente nas meninas, que receavam que o mestre ou o professor as "derrubasse" com força e as machucassem. Porém, tudo transcorreu tranqüilamente.

Ao contrário, em todo tempo que observei e participei dos treinos e apresentação do Grupo, compreendi que a "Galera do M.B" é um espaço de estímulo à não-violência para os jovens envolvidos. Houve muitas lutas, muitas delas com uma rapidez de movimentos que fazia com que as pessoas em volta da Roda fossem se afastando para não serem atingidas por algum golpe. Mas não houve briga e ninguém se machucou, nem na Roda nem fora dela nas festividades.

A cada pessoa convidada para o evento do batizado foi solicitado contribuir com um quilo de alimentos não perecíveis que foram, ao final da tarde, doados à creche das crianças assistidas pelo projeto. Essa modalidade de ingresso foi iniciativa do próprio Grupo e, principalmente, do monitor, que explicita e constantemente estimula os alunos a realizar trabalhos voluntários.

O primeiro batizado, na expressão de Dalva:

---

[9] Referência ao mestre Antônio Cavalieri, identificado pelos capoeiristas como o responsável pela capoeira no Estado de Minas Gerais.

> *Oh, eu fiquei com medo no começo, você acredita? Porque, assim, eu tenho muito medo de coisa nova, assim, de coisas que eu não conheço e que nunca fiz. Mas é a mesma coisa, é uma coisa bem interessante, pessoas de nome da capoeira, sabe? estiveram aqui. Então, sabe... porque uma pessoa ter visto um cara que trouxe a capoeira pra Minas Gerais, ou pra Belo Horizonte. Então, assim, estar perto de pessoas que têm uma história muito grande pra contar, do que viveram, do que passou... assim, é muito interessante!* [Dalva, 19, concluiu o Ensino Médio]

Tygor conta:

> *Nó! eu fiquei muito feliz, encheu de gente aqui no colégio. Teve muita atração, show de malabáris, de rap, hip-hop. O batizado foi excelente! Diferente de outros que já participei, que não tinha tanta atração, só uma roda onde mudei de corda. Espero que no ano que vem seja melhor que este!* [Tygor, 13, 2º ano, 3º ciclo, tarde]

Diz Manu:

> *Eu gostei, né? Eu peguei já a corda, que nem sei se deveria estar com ela ainda. Mas o batizado é importante, porque a pessoa sabe em que corda você tá, sabe que você é bom, mas eu acho que corda não manda muita coisa. Corda é, igual o professor falou, é mais pra amarrar as calças, mas o que vale mesmo é você ser esforçado, ser por dentro é uma coisa, pode ter corda azul e ser professor e pode ter corda laranja e amarela e quase igual, jogando a mesma coisa. Então a corda não vale muita coisa, mas o batizado é importante pra saber que você está fazendo parte do Grupo... muitas pessoas conhecem você, e você sabe que dali pra frente pode ser um capoeirista. Porque sem o batizado num tem condição de você ser um capoeirista sem você se batizar lá, e ter o que é lá, ser graduado. Então o batizado é importante sim!* [Manu, 15, 8ª série, noite]

Após conviver mais tempo com o Grupo, percebi, apesar de toda a fluidez que lhe é característica, a existência de um pequeno núcleo formado por jovens que foram mais freqüentes e, sobretudo, participativos e envolvidos. Ao término da observação de campo, alguns deles já estavam assumindo funções no próprio Grupo, responsabilizando-se pelos treinos da oficina de capoeira do Projeto Sexta Cultural no turno da noite, além de se prepararem para começar suas próprias turmas.

Aspectos de trajetórias de vida

A diversidade de trajetórias de vida desses jovens foi um dos aspectos que mais chamaram minha atenção e o que trouxe maior densidade às análises sobre as culturas juvenis.

Em suas distintas trajetórias, escola e Grupo se encontram e se imbricam, compondo tramas sociais comuns e conformando o tecido de relações complexas com que a escola e os educadores contemporâneos convivem em seu cotidiano escolar.

Chama a atenção, porém, que, apesar dessa forte referência afro-brasileira, no questionário nenhum dos jovens, seja menino ou menina, se identificou como "negro".

Mesmo com a forte referência afro-brasileira, os jovens, em sua maioria, se caracterizam como "brancos", "pardos", "morenos" e "mulatos".

Esse fato evidenciou que discutir identidade não é tarefa das mais simples. Todos os jovens da "Galerinha" moram com suas famílias, em casas próprias ou alugadas, nos bairros ou aglomerados da região. A família é constituída pelos pais e irmãos, pai e irmãos ou mãe e irmãos, havendo alguns que contam até com a presença de tios e avós.

Esses primeiros dados nos informam que a instituição familiar é parte importante da vida dos adolescentes pesquisados.

Há maior predomínio da religião católica, e poucos manifestaram indefinição com relação à pertença religiosa. Para esses jovens, da mesma forma que para o monitor do Grupo M.B, a transmissão geracional das tradições e crenças do grupo familiar estão sendo, se não rompidas, problematizadas ou questionadas.

Não é porque as famílias deles seguem determinada religião que eles também a seguem. Nas falas dos jovens existe uma evidência clara de que essas referências familiares são importantes, pois foram formadoras iniciais de suas próprias crenças, mas não são determinantes da religião ou credo assumidos por eles posteriormente. Assim como definem uma profissão diferente e independentemente dos pais, também procuram encontrar caminhos próprios para definir a religião deles.

Zaluar (1997), ao analisar as gangues, galeras e quadrilhas formadas na cidade do Rio de Janeiro, nas décadas de 1980 e 1990, traz um elemento que enriquece a compreensão dessa questão apontada por esses jovens de uma independência ou cisão entre as tradições familiares quanto à religião.

A antropóloga mostra que a complexificação da sociedade contemporânea e o processo de globalização, mediante a rápida difusão na indústria cultural dos novos estilos de cultura jovem, os teria transformado parcialmente em consumidores de produtos especialmente fabricados para eles, sejam vestimentas, estilos musicais, drogas ilícitas, dentre outras.

E prossegue afirmando que a família não vai mais junto ao samba e o *funk* não reúne gerações diferentes em um mesmo espaço. O levantamento do perfil desse grupo de jovens, passando pela questão da religião e da família como um dos aspectos a ser identificado, revela a importância da inserção da categoria geração nos estudos sobre cultura juvenis.

Um dos aspectos que se destaca é o da presença feminina no Grupo.

Há uma proporção equilibrada do número de jovens do sexo feminino em relação aos do sexo masculino na "Galerinha" e no Grupo em geral. Sobre essa presença feminina significativa em uma atividade como a capoeira, creio ser importante destacar e discutir algumas questões que pude observar na longa e intensa convivência com as meninas.

Inicialmente, é importante dizer que quando elas entravam na Roda, ou nos treinos, as meninas procuravam, assim como os meninos, se esforçar ao máximo para conseguir realizar os movimentos e os golpes com força e precisão. Elas procuravam treinar muito e, mais do que os meninos, para acompanhar o ritmo do Grupo.

Em nossas conversas informais, uma das meninas que freqüentava constantemente os treinos me contou que *era muito tímida e que estava tentando vencer a timidez, mas ainda não conseguia, mas adorava a capoeira e estar ali com o Grupo.* Em nenhum momento, porém, observei constrangimento nessa aluna ou em qualquer outro jovem por esse motivo.

No Grupo M.B, é necessário destacar, não havia nenhum interdito à participação feminina nos treinos nem nas Rodas. O professor comandava o treino sem dividir a turma por sexo. A divisão era realizada pelo "nível" de aprendizado de cada pessoa, e ele *cobrava o mesmo esforço e a mesma qualidade e precisão dos movimentos, ritmos e golpes aprendidos.*

Na atribuição de responsabilidades em ensinar os movimentos para os alunos novatos, tanto eram indicadas as meninas mais desenvolvidas na capoeira quanto os meninos. Nos intervalos, na entrada e saída dos treinos, era comum encontrarmos com casais que faziam e se desfaziam, que eram chamados pelos jovens de "rolos", e outros casais que se tornavam mais constantes – os "namoros". O costume denominado "ficar", comum entre os jovens, também acontecia no Grupo M.B. Na Roda, após os treinos, alguns jovens discutiam entre si e com o monitor sobre as situações de conflitos que surgiam nessas relações amorosas.

Um fato curioso evidenciou-se nesse aspecto da cultura dos jovens pesquisados. Os meninos e meninas "ficavam", formando os casais e depois se desfaziam estes casais e formavam-se outros. Tudo "aparentemente" considerado "legal", até que os jovens demonstravam e verbalizavam os conflitos que surgiam neste "ficar". Alguns meninos e algumas meninas sentiam-se inseguros e magoados ao verem o jovem com quem tinham "ficado", e por quem tinham um afeto maior, com outro jovem.

Muitos destes conflitos evidenciavam-se nos treinos e, principalmente, na Roda de Capoeira, onde os meninos e algumas meninas procuravam resolver suas diferenças no jogo da Roda. Em algumas ocasiões, o monitor precisou intervir e, com o auxílio dos berimbaus, acalmar o jogo e os jovens, imprimindo um ritmo mais lento ao jogo.

Sobre as trajetórias e papéis de membros dentro do Grupo, a de Pink é emblemática e seu depoimento, expressivo:

> *Eu pego serviço de uma a cinco. Toda tarde eu fico quatro horas, que a prefeitura paga os estagiários, que é pra não atrapalhar na escola. Eu trabalho na sala de aula, todo professor tem um estagiário, então eu fico na sala de aula. Onde os meninos vão, eu vou com eles. Se eles vão ao banheiro eu vou com eles. A professora precisa sair da sala, eu fico acompanhando eles, exercícios eu ajudo a colar,*

> recortar. *Quando a professora dá algum exercício assim, tem que dar uma saída, eu vou lá, e eu ensino eles a fazer no quadro, ajudo eles. Pra alfabetizar eles, né? Que eles estão sendo alfabetizados. Aí eu fico na sala e eu sou estagiária, igual professora, né? Eu ajudo a professora a dar aula!* [Pink, 17, 2º ano, Ensino Médio, manhã]

Pink é a única menina do Grupo que, nos finais de semana, *freqüenta outras Rodas de Capoeira* e a que, mais vezes, entra nas Rodas do M.B.

Ela ocupa no Grupo M.B um lugar muito especial, tanto para as meninas quanto para os meninos, sendo solicitada, inúmeras vezes, para interceder ou mediar algum conflito ou divergência dentro do Grupo, seja entre os participantes, ou seja, entre estes e o monitor. Junto com Jê, representa, no nível simbólico, a "alma" do Grupo. Assim como ele, ela se situa *entre* os jovens do Grupo e, de certa forma, por meio de seu papel de "mediadora", participa na construção simbólica da imagem e sentimento de "um nós da Galerinha da Capoeira".

Na observação e no convívio com os jovens durante os treinos, percebi que eles estabelecem uma relação muito singular com o professor de capoeira e que, certamente, é a que todo professor gostaria de ter. Essa relação é baseada em dois pilares: afetividade e autoridade, a partir do entendimento de que o professor realmente se interessa pela vida de cada um deles e, portanto, tem, reciprocamente, o direito de cobrar o respeito do Grupo:

> *infelizmente nem todos a gente consegue tirar, impedir que se envolvam com as drogas. Perdemos o Doc, eu ainda tentei conversar, orientar, tentei mostrar que através da capoeira e de outras opções ele poderia ter outra vida. Mas infelizmente... Hoje é muito mais fácil ser alguém através das drogas, do tráfico, do que conseguir viver dignamente através do trabalho [...] Às vezes é*

> *muito mais forte a influência 'lá de cima', do que, muitas vezes,
> dos projetos 'daqui de baixo', né?, os projetos culturais* [Jê,
> professor de capoeira do Grupo]

Tanto a autoridade quanto a afetividade não são estabelecidas *a priori*; ambas se constroem na relação cotidiana, pessoal e direta entre professor e alunos. O professor da capoeira torna-se, aos poucos, modelo de disciplina, respeito e compromisso, estabelecendo um vínculo muito forte com cada um dos jovens.

Ao observar, registrar e analisar as cenas e as tramas *dos* e *nos* encontros da Galera da Capoeira por um longo tempo, penso ter conseguido me aproximar de uma leitura da estrutura deles, dos rituais e seus papéis, dos saberes e formas de aprendizagem e, sobretudo, da relação do professor com os capoeiristas. Após tais análises percebi que *ali havia algo* muito importante para nós, educadores, conhecermos e considerarmos.

Linguagem do corpo, oralidade e simbolismos – o Grupo de Capoeira M.B, saberes e instituição escolar

A oralidade é um dos aspectos marcantes da prática da capoeira.

Todo capoeirista "de verdade" conhece as histórias da origem da capoeira, dos mestres, das músicas e dos próprios movimentos. Histórias que fazem parte dos "fundamentos", ou seja, os conhecimentos necessários para ser batizado no Grupo, receber determinada corda e, assim, ser reconhecido pela comunidade da capoeira.

Certeau, Giard e Mayol (2003, p. 336) enfatizam a importância da oralidade para o desenvolvimento e aprendizagem nas crianças, como também para comunicação dentro das comunidades ou grupos. A oralidade seria

> o espaço essencial da comunidade. Numa sociedade, não existe comunicação sem oralidade, mesmo quando esta sociedade dá grande espaço à escrita para a memorização da tradição ou para a circulação do saber. O intercâmbio ou comunicação social exige uma correlação de gestos e de corpos, uma presença das vozes e dos acentos, marcados pela inspiração e pelas paixões, toda uma hierarquia de informações

complementares, necessárias para interpretar uma mensagem além do simples enunciado – rituais de mensagens e saudações, registros de expressão escolhidos, nuanças acrescentadas pela entonação e pelos movimentos do rosto. É-lhe necessário aquele timbre da voz que identifica e individualiza o locutor, e aquele tipo de laço visceral, fundador, entre o som, o sentido e o corpo.

A oralidade como parte da tradição da capoeira foi considerada com base no que contaram os capoeiristas com quem conversei durante a pesquisa de campo. Ela também é muito marcante no Grupo de Capoeira M.B e, por ser questão mais complexa, precisa ser discutida em função das mesclas e hibridações que a capoeira comporta na atualidade e pelas quais a prática passou na história.

A oralidade é utilizada como instrumento de transmissão dos conhecimentos sobre a história e "tradição" dessa luta-arte. No convívio com os mestres e professores mais antigos, os novos capoeiristas entram em contato com a cultura dessa comunidade, com suas histórias, imagens, heróis, mensagens e rituais.

No Grupo de Capoeira M.B, as linguagens oral e corporal compõem os principais recursos pedagógicos por meio dos quais os diferentes saberes circulam – o que não quer dizer que os jovens não utilizem também a escrita e, mesmo, meios de comunicação contemporâneos, como a internet, na troca de informações com outros grupos distantes, além de acessar sites informativos específicos sobre esta temática. Como indicam estudos mais recentes, esses jovens transitam entre saberes e linguagens tradicionais e contemporâneas, criando novas e diferentes configurações culturais.

Por meio de movimentos corporais, músicas, instrumentos e histórias, os jovens ensinam e aprendem saberes específicos dessa prática e, nessa aprendizagem oral e corporal, preservam esses saberes acumulados em muitos anos de história e, ao mesmo tempo, como é próprio da prática de capoeira, fundem ou mesclam com outras referências, criando saberes e formas novas.

De acordo com Brunhs (2000), a capoeira é o espaço *da história e para histórias*, que surgem sempre, quer na própria Roda de Capoeira em que o jogo ocorre, quer nas Rodas de Conversas informais compostas nas ruas, nas praças ou em algum outro espaço público.

Para a autora "contar a história da capoeira está no sangue do bom capoeirista" (BRUNHS, 2000, p. 23). É por esse motivo que não se poderia deixar, neste livro, de contar a história da formação do Grupo e apresentar a "Galerinha da Capoeira" por meio de falas de alguns deles, intercruzando-as com outros dados obtidos por meio de questionários e registro de campo.

A história do jovem que criou e coordena o Grupo, o Jê, e a do seu encontro com a capoeira, são características. A partir delas, ele escolheu e desenhou um caminho próprio e peculiar de viver.

De acordo com seu relato, ele começou a praticar essa arte quando tinha apenas 13 anos. Dos 13 aos 19 anos ele treinou em diferentes grupos da periferia de Belo Horizonte e, em 1998, para continuar a praticar capoeira, "subiu" da periferia para a favela. Foi lá que, segundo relatou, foi incentivado por um professor a dar aulas de capoeira:

> Eu sempre fui sozinho dentro da capoeira, eu nunca tive ninguém para ir comigo à Roda, ir comigo treinar; durante minha caminhada inteira fui muito sozinho, até mesmo na família, à exceção de dois tios que achava capoeira legal, mas o restante criticava [...].
> E então eu sempre fui muito sozinho e o Mandruvá,

professor do Senzala, sempre me incentivou a dar aula, foi quem me deu um impulsão. E aí, eu saí mais uma vez de baixo da periferia e subi dentro da favela pra poder treinar capoeira, porque o treino dele [Mandruvá] era no Colégio Milton Sales, na favela, então eu saía daqui de baixo do... para poder ir lá em cima na favela para poder jogar capoeira. E mais uma vez tinha esse receio: os meninos não conhecerem, não saberem a dificuldade que a gente passa, que às vezes a gente passa dificuldade igual à deles lá em cima, mas eles não sabem, a gente é daqui de baixo. Então quem não é da favela, pra eles é boy. Qualquer pessoa que sai daqui de baixo e entra dentro da favela é um boy, entendeu? E eu via muito isso, porque para, independente da pessoa que vive lá dentro, de quem é, para as pessoas aqui em baixo, o que está lá em cima na favela é, de modo geral, um favelado.

Ainda nesse ano de 1998, conheceu um capoeirista de Mucuri – cidade localizada no nordeste do Estado de Minas Gerais – que tinha a graduação de monitor, como ele na ocasião, que corresponde à corda azul, e podiam, portanto, começar a ensinar capoeira juntos e de forma independente. Desse encontro, os dois capoeiristas formaram o Projeto Cultural M.B e começaram a trabalhar. Pouco tempo depois, porém, esse jovem de Mucuri foi embora sem dar nenhuma explicação. E assim, mais uma vez, Jê se viu "sozinho".

Desta vez, porém, continuou o Projeto M.B sem filiação a nenhuma instituição ou federação desportiva, sendo mantido pelos seus próprios alunos, mediante uma pequena mensalidade e ajuda de custos de duas instituições (Creche e Escola de Ensino Especial). Em 2000, começou a ensinar capoeira por sua própria conta e risco, e em 2003 começou o Grupo de Capoeira na Escola Sédna, onde o conheci.

> É o que eu sempre falo para os meus alunos, a capoei-
> ra, a primeira coisa que ela nasceu foi a liberdade, e
> hoje tem gente que quer tomar conta da capoeira,
> entendeu? Quer fazer um monte de coisa, quer to-
> mar o que a pessoa vai fazer, diz [...] que a pessoa não
> pode fazer isto ou aquilo. Quem vive de capoeira
> hoje tem muita dificuldade. Eu peno porque eu lar-
> guei tudo por causa da capoeira [...].

Luta, dança, esporte, arte, cultura, representação. Jogo? Mas o que está em jogo nestas Rodas da Vida para os jovens da "Galera da Capoeira"?

Na Roda de Capoeira, nos treinos, eventos do Grupo e, também, na escola, os jovens jogam; representam um jogo "de vida e morte", gingando, esquivando, dando "aú" e "martelo", movimentos de defesa e também de ataque. "Estratégias", poderia nos dizer Certeau (1994) para aqueles jovens que possuem a capacidade e têm o poder de calcular ou manipular as relações de força dentro da Roda da Vida, convertendo-as a seu favor e conquistando um lugar "próprio". Ou, ainda, táticas, para aqueles outros que, não tendo um "próprio" e, por isso, ainda segundo Certeau, precisam "jogar com o terreno que lhe é imposto [...] (p. 46), dentro do campo", ou jogo do oponente.

Ao analisar e interpretar as rinhas de galo em Bali, Geertz (1989) afirmou que, na verdade, as brigas de galos "são um meio de expressão", e nessas rinhas não eram os galos que brigavam, mas o próprio povo balinense. O que estava em jogo era o sistema social, o status, as castas. Na prática, segundo o autor, a briga de galos "somente era real para os galos", que se feriam e morriam de verdade. Ao findar as brigas, "tudo estava igual a antes". Pois a briga de galos era, para os habitantes de Bali, uma luta simbólica, uma metáfora dos conflitos sociais existentes entre as distintas castas. A briga de galos era apenas alegoria, "não modifica realmente o status de ninguém" (GEERTZ, 1989, p. 278-320).

Ao ouvir, e depois ler, o que os diferentes jovens sentiam em relação ao Grupo, à prática da capoeira e à escola, percebi que não existe apenas um sentido e significado para o jogo, mas diferentes sentidos e significados que variam um pouco, dependendo do lugar que se ocupa no jogo e que dependem também das características étnicas, sexuais e geracionais dos jogadores.

A investigação realizada apontou para a existência, evidenciada nos diversos depoimentos dos diferentes jovens espalhados no espaço deste livro, de lógicas diferenciadas de sentidos distintos, que se relacionam, mas não podem ser classificados ou categorizados pelo pertencimento a uma determinada etnia, gênero sexual ou região de moradia, mas a uma imbricação de sentidos onde todos esses aspectos interferem mas não determinam em última instância. Dessa forma, recorrendo a Badaró (1993, p. 75),

> [...], o que é a vida senão um imenso terreiro onde todos os homens jogam "capoeira" para alcançar "um lugar ao sol"? Jogam uma "capoeira de vida e morte" para ganhar o pão diário ou apenas pelo simples prazer de passar uma "rasteira" nos seus concorrentes. E, se isto acontece é porque, como escreveu um poeta – "os homens se buscam, mas, não se encontram...".

Enfatizo que, para muitos jovens da Galerinha da Capoeira, o jogo pode ser interpretado como luta, simbolizando as estratégias e/ou táticas criadas para ludibriar e se esquivar das dificuldades, construindo movimentos e golpes que lhes permitam "ganhar o pão diário".

Para outros, os sentidos da capoeira e da escola estão "no simples prazer" de participar do jogo, apenas ouvindo e sentindo, por meio da música, dos instrumentos, do partilhar do clima de felicidade que envolve os que estão na Roda. Esperam, nesse lugar, encontrar as condições de vivenciar essa fase da juventude. Para outros jovens, ainda, o "barato" está em entrar no "terreiro", na "arena da vida" e, nesses lugares, superar inibições e dificuldades de diversas ordens.

Mas, com certeza, para todos os jovens com os quais convivi, Grupo e escola formam o território onde buscam os aprendizados variados e o pertencimento a um grupo e, assim, um pertencimento social nesse árido cenário urbano onde vivem.

São também lugares que abrem possibilidade de "dar uma rasteira", "tática dos fracos", segundo Certeau (1994, p. 46) que utiliza essa "astúcia" operando, "golpe por golpe, lance por lance, aproveitando a ocasião para estocar benefícios, aumentar a propriedade e prever saídas". Assim, a maioria desses jovens busca no território da "Galera" e da escola os instrumentos necessários para dar a rasteira nos obstáculos diários e alcançar uma condição melhor que a atual.

O primeiro encontro com o Grupo, cenas juvenis simbólicas e decisões para a pesquisa

A Feira Cultural foi a primeira oportunidade concreta que encontrei para participar de algum evento coletivo da Escola Sédna.

A feira aconteceu nos últimos dias do ano letivo de 2002.

Participei apenas em dois momentos finais da feira, numa tarde de sexta-feira, onde vi, e até comprei, alguns produtos e, numa manhã de sábado, ocasião em que chovia torrencialmente. Cheguei à escola e observei o pouco movimento dentro dela. Entrei, subi as escadas e fui para a sala de "exposição". Era uma sala grande e não havia muitas pessoas por ali, onde permaneci por uma hora aproximadamente.

Depois desse tempo, informaram-me que o Grupo de Capoeira havia chegado para uma apresentação na escola. Desci as escadas e comecei a ouvir o som de berimbau e atabaques, e, assim que cheguei ao corredor de entrada da escola, avistei um pequeno grupo de jovens se preparando para o encerramento da feira. Eram oito jovens – cinco meninos e três meninas – com idade média entre 12 e 19 anos, cursando, à época, da 6ª série ao 2º ano do Ensino Médio. Desse grupo, apenas uma menina, de 16 anos, Pink, não estudava na Escola Sédna no momento, tendo saído na 8ª série por falta de vaga para o Ensino Médio.

Quando os vi, todos muito alegres, alguns vestidos com seus abadás – trajes do Grupo compostos por calças de moletom e camisetas de malha branca, ambos tendo o símbolo da "Galera" –, decidi manter o foco da investigação no Grupo de Capoeira M.B e no cotidiano escolar do turno da manhã, privilegiando os jovens da capoeira e os momentos de entrada e saída dos turnos e recreio.

Decidi também, no turno da manhã: focar cenas, projetos e eventos relacionados à cultura juvenil que possibilitassem situar os jovens pesquisados em um contexto escolar e cultural mais amplo; inserir os outros alunos da escola que fazem parte da "Galerinha da Capoeira" e que estudavam nos turnos da tarde e noite, observando-os nos encontros do Grupo e nos horários de troca de turno, que coincidiam com os horários de entrada e saída dos treinos da capoeira e, também, por meio de outros instrumentos metodológicos, como questionário e entrevistas.

Para o noturno, decidi observar as oficinas de capoeira, coordenadas pelos jovens do Grupo do Projeto Sexta

Cultural, conversar e entrevistar os professores responsáveis pelo projeto, buscando situá-lo no contexto do cotidiano da Escola Sédna, para estabelecer possíveis relações entre as vivências dos jovens no Grupo de Capoeira M.B e nas oficinas da Escola Sé dna.

No período de fevereiro a julho de 2003, iniciei um mergulho mais "denso" no cotidiano escolar, com uma observação mais sistematizada das culturas juvenis.

Durante esses seis meses, realizei as observações mais sistematizadas e profundas no cotidiano da escola, nos espaços e tempos definidos anteriormente. Em geral, em todo esse período, exceto nos feriados, recessos escolares ou nos momentos de paralisações, comparecia à Escola Sédna de duas a três vezes por semana pela manhã, em algumas sextas-feiras à noite na Oficina de Capoeira e, esporadicamente, no turno da tarde, para tentar, conforme combinado com o coletivo da escola, ter uma visão de totalidade da instituição.

Importante destacar, ainda, que as observações dos momentos de encerramento do segundo turno e do início do terceiro mostraram-se ricos em cenas e simbolismos das culturas observadas. Nas terças e quintas-feiras, nos horários em que começava o treino da capoeira e encerrava o segundo turno, os jovens que estudavam à tarde trocavam o uniforme da escola pelos abadás, e, assim, simbolicamente, assumiam outro papel e outra identidade: agora não eram mais, ou somente, os "alunos do turno da tarde", mas também os "jovens do Grupo de Capoeira".

Da mesma forma, o momento em que se encerravam os treinos e iniciavam-se as aulas do noturno simbolizava exatamente o que se procurava perceber, ou seja, os mesmos jovens como alunos da escola e membros do grupo juvenil.

Nesses aproximados dez minutos entre o fim dos treinos e início das aulas do noturno, os jovens da "Galera da

Capoeira", com seus abadás, misturavam-se aos demais alunos do turno da noite, que chegavam trajando seus uniformes escolares. No final dos treinos, os jovens da capoeira que estudavam à noite trocavam de roupa, tiravam os abadás e vestiam o uniforme da escola, e, assim, assumiam a identidade de alunos. Não mais eram vistos ou percebidos como pertencentes ao Grupo de Capoeira M.B, mas como os demais alunos da Escola Sédna. Esses momentos simbolizavam a troca e a mistura de papéis e identidades dos jovens, como alunos da escola e membros da "Galera".

No mês de junho, continuando as observações do cotidiano escolar e do Grupo de Capoeira, acompanhei, também, alguns ensaios do grupo de teatro da escola, coordenado por uma professora de História, e continuei a acompanhar os treinos da Oficina de Capoeira no projeto Sexta Cultural desenvolvido pelo noturno. A pesquisa de campo no cotidiano escolar encerrou-se no início do mês de julho de 2003, com o fechamento do primeiro semestre letivo e início das férias escolares. Continuei, porém, até o mês de setembro desse mesmo ano observando alguns encontros e eventos do Grupo de Capoeira M.B.

Saberes e identidades – o que a "Galerinha" diz da escola e do Grupo de Capoeira

O Grupo de Capoeira M.B é parte do Projeto Cultural M.B e tem como objetivo, por meio da prática da capoeira, divulgar e preservar essa arte-dança e, ao mesmo tempo, estimular a participação de jovens em atividades culturais, lúdicas e criativas, bem como em ações sociais e de voluntariado, e criar estratégias e alternativas para uma inserção social desses jovens, afastando-os das drogas e da violência que os cerca.

O Projeto Cultural M.B conta, ainda, com outros núcleos além do Grupo M.B: um núcleo de trabalho com alunos portadores de necessidades especiais, de uma escola municipal de ensino especializado, vizinha à Escola Sédna; um núcleo de trabalho com crianças de uma creche no Morro das Pedras, também situada na Região Saturno de Belo Horizonte.

Em relação à cultura e ao lazer, a "Galerinha da Capoeira" era bastante homogênea quanto à percepção de serem excluídos do acesso a espaços, atividades e bens culturais da cidade.

Eles diziam não encontrar nos bairros ou aglomerados muitos espaços públicos para lazer e, também, quase nenhuma opção educativa, de artes ou esporte, confirmando a fala do líder comunitário que me orientou na seleção da região a desenvolver a pesquisa. O mais surpreendente foi perceber que a maioria desses jovens, tanto os moradores "de baixo", quanto os "lá de cima", nunca foram a um cinema e nunca entraram em um teatro.

As únicas opções de lazer ou de cultura por eles identificadas foram festas, visitas a casas de amigos e parentes, cultos e/ou cerimônias religiosas, Rodas de capoeiras nas feiras, futebol nas praças e futebol, e os grupos formados por amigos, para tocar e dançar forró, *rock*, pagode ou *hip-hop*. O que confirma a importância desses espaços em sua inserção, socialização e formação identitária:

> *Depende! Assim, eu assisto show e vou ao cinema quando tenho oportunidade, porque eu não tenho condição assim, financeira, de tá indo sempre, né? Às vezes, num tenho dinheiro nem pra pagar o ônibus assim e tal. Então, quando eu estou no meio de gente de teatro, como agora, eu, a gente tem acesso a convite de graça. Então, quando surge um convite que dá pra ir, eu vou, Mas normalmente não vou. Se envolve dinheiro eu não vou,*

porque não tenho! Se eu trabalho, eu tenho dinheiro, mas não vou ter tempo e, se não trabalho, tenho tempo, mas não tenho dinheiro. [Dalva, 19, concluiu o Ensino Médio]

Os jovens com os quais convivi nos dez meses da pesquisa de campo, em sua maioria, se percebem como bons alunos, gostam muito da escola e dizem se relacionar bem e respeitar os professores.

A escola é muito valorizada por eles, e apenas um número pequeno deles afirmou não gostar, ou não ver sentido em freqüentar a escola. Estudam apenas porque são obrigados ou para conseguir um diploma e conseguir um emprego. Consideram que o que estudam na escola é muito importante para a vida deles, torna-os pessoas melhores, ajuda a compreender o mundo em que vivem e contribuirá na construção dos seus projetos de futuro.

A Escola é boa, sabe? Só os professores que são meio... enjoados, mas a Escola é boa! [...] tem uns professores que começam a fazer brincadeiras... e quando a gente brinca também, e vai, e quando a gente faz brincadeira, ele está distratando a gente, né?, brincando, a gente distrata brincando também, e vai, e quando a gente faz brincadeira leva a sério. E aí ficam estressados, num explica a matéria. E tem outros professores que... não ensinam a matéria... só que a escola em geral é boa! É organizada, tem disciplina... tem os dias certos, igual ontem, quarta-feira, não teve aula. Aí, sábado, teve aula pagando a quarta-feira, antes de num ter aula. [Dinha, 14, 2º ano, 3º Ciclo, tarde]

Muitos desses jovens acreditam que a escola vai ajudá-los a ter uma vida melhor do que a de seus pais.

Pelo convívio intenso e os pedaços de histórias colhidos, percebe-se que existe uma diferenciação quanto às perspectivas de futuro dos jovens moradores dos bairros e dos jovens moradores "lá de cima".

Os meninos e meninas, moradores dos bairros e estudantes do diurno, fazem plano de prestar concurso para escolas técnicas de Ensino Médio, vestibulares e carreiras que exigem nível superior. Os jovens moradores "lá de cima", ao contrário, em sua maioria, vislumbram empregos melhores que os de seus pais e que têm geralmente, como exigência, apenas o Ensino Médio. As falas de Doc e de Fuleruh exemplificam bem as diferentes perspectivas.

> Mas a minha mãe já conversou comigo, entendeu? Tá certo que o colégio, até o 3° é base pra o vestibular, esse negócio... Mas, tipo assim ... eu acho que fica muito difícil entendeu? Pra tipo assim...... um aluno..., um... ah, eu acho que basta ter força de vontade, mas não tem colégio que... passa o básico, que passa tudo, num tem jeito, não. Porque rola muita bagunça, aí. Faz muita bagunça, esses colégios municipal, estadual. Aí, pra você sair de uma escola municipal ou estadual, pra você ir fazer vestibular fica muito difícil. Aí... no caso tem que fazer cursinho, alguma coisa desse tipo. Mas, aí vem o negócio do dinheiro. [...], a família não tem condições. Aí eu tenho que correr atrás de um trabalho, pagar um cursinho, aí depois com que que eu vou pagar uma faculdade? Num tem dinheiro. Aí eu penso em arrumar um serviço digno pra mim, que dá pra mim sobreviver... e junta na capoeira e tocando a vida. E, tipo assim, eu já tenho um filho de um ano....e vou correr atrás desta vida pra dar a ele o que eu não tive, assim oportunidade. Minha mãe fez muito por mim. Eu agradeço muito. Mas eu já tenho 20 anos e um filho, agora tem que montar vida por eu, entendeu? Arrumar um emprego e desenvolver o projeto da capoeira. [Doc, 20, 3° ano, Ensino Médio, noite]

Já para Fuleruh:

> Ah meu objetivo é procurar ter um futuro, alguma coisa, assim ... que eu gosto de fazer, meu futuro eu quero ser, mexer mais com a questão da informática, computadores. E, ter conhecimento,

né? Porque conhecimento hoje é a base de tudo. Eu penso em
acabar de estudar, fazer faculdade, essas coisas, formar em algu-
ma coisa assim. Praticamente eu estou querendo fazer Ciência da
Computação, que é mais raciocínio lógico, assim mais o meu estilo
de coisa. [Fuleruh, 15, 3° ano, Ensino Médio, manhã]

Quando indagados sobre os conteúdos e saberes transmitidos pela escola, a situação apresenta-se um pouco distinta.

Muitos dizem que os consideram importantes para o futuro e para a vida, além de ajudar a compreender o mundo em que vivem.

Existem alguns, porém, que apresentam uma percepção diferente. Tygor foi o mais radical. Ele diz não saber muito bem para o que serve o que aprende na escola e declara: Ih, eu não gosto mesmo de estudar, tanto que já tomei três bombas, mas eu vou à escola e vou tirar o segundo grau. Comparando o seu comportamento no Grupo de Capoeira e na escola, ele diz:

O Tygor na Escola é foda, nossa ele é foda mesmo! Porque ele
não faz nada! ... É sério, num faço nada, só converso, meu
caderno de química tem uma folha escrita. [...]. E, mesmo assim
é uma folha assim oh: um lado dela tem duas linhas em cima.
[Tygor, 13, 2° ano, 3° ciclo, tarde]

Já para Susi, a escola pública na qual estuda hoje é legal, mas é mais fraca do que a particular onde estudava anteriormente. Ela diz que gosta de estudar porque isso vai lhe possibilitar alcançar sua "independência".

Eu gosto muito de estudar porque eu quero ser independente sabe?
Quero ter minha casa, as minhas coisas, sabe? [...] Eu acho assim
que a escola é muito importante e por isso eu estou fazendo um
cursinho preparatório pro CEFET, que eu quero estudar assim,
até o Ensino Médio, assim... né? Ter uma boa formação [...] eu

quero ter uma base boa pra ter minha independência. [Susi, 14, 3º ano, 3º ciclo, manhã].

Amizade é a palavra mais ouvida nas Rodas e mais vezes pronunciadas nas conversas formais e informais com os jovens quando lhes perguntei por que estão no Grupo, ou o que mais lhes prende ao M.B:

> [...] *pra mim, uma das coisas que eu mais preservo e o que eu passo pros meus alunos é a questão da amizade, que é uma coisa que eu aprendi com meu avô. Ele sempre falava comigo, meu pai também sempre falou que quem tem amigo nunca morre pagão!* [Jê, monitor do Grupo]

Esse depoimento, dito pelo responsável pelo Grupo M.B, mostra a profunda coerência de um jovem entre o seu falar e o seu agir. Ele diz de dois valores percebidos na convivência com esses jovens, amizade e honestidade, expressos muito bem pelo costume de *olhar sempre nos olhos do outro, sem desviar.*

Todos os meninos e meninas se referiram ao fato de perceberem nesse Grupo e, sobretudo, no monitor, um diferencial em relação a outros grupos e líderes. Esse diferencial era identificado por eles como a amizade, traduzida de diferentes formas, com diferentes gestos, sons, em diferentes contextos e linguagens com cada um deles. Esse fato é explicitado por Dyon:

> *Porque a gente aqui dentro é muito amigo, entendeu? Todo mundo conversa com todo mundo. E nos outros grupos tem sempre panelinha, sempre! Não adianta, tem sempre panelinha, aqui a gente não deixa fazer panelinha. Todo mundo conversa com todo mundo, todo mundo é humilde; lá não! Nas outras Rodas, sempre que faz roda é normal sair no pau, o pau quebra é normal, entende? Só que já é demais! Lá eles brigam mesmo, sempre nos outros grupos eles brigam. [...]. Aqui não rola panelinha; sempre que alguém quer falar alguma coisa de outra pessoa, chega perto e fala, se quer saber*

alguma coisa de outra pessoa, chega perto da gente e pergunta!
[Dyon, 15, masculino, 8ª série, manhã]

Respeito, limite, relacionamento, contato! Outra chave fundamental.

Amizade, cada um colocando seus limites e aceitando os limites do outro, estabelecendo, assim, relacionamentos com base na amizade e no respeito ao outro, aos limites próprios e aos do outro, que no dizer de Dalva estabelece o "contato":

> *Ah! O Jê, sempre falando que a gente tem que se dar bem com todo mundo do Grupo, sabe? Ele está sempre falando pra gente se respeitar, que a gente tem sempre que respeitar o próximo, que a gente tem que ter os nossos limites, né?, resumindo ... assim, ter os nossos limites, que a gente tem que respeitar mesmo. Eu acho que respeito é a base para todo relacionamento, pra tudo, pra tudo funcionar é, tendo respeito, então tem o contato.* [Dalva, 19, concluiu o Ensino Médio]

Contato prolongado e intenso com pessoas de diferentes personalidades, vivências e valores, nos treinos, nas Rodas, nos sambas e maculelês. Contatos afetivos e físicos, que mexem com a emoção e exigem paciência e tolerância com a diversidade cultural. A fala de Dalva revela a percepção dessa condição:

> *Num tem jeito, mexer com grupo é complicado, porque são educações diferentes, histórias de vida diferentes, princípios diferentes... é complicado! É difícil! Tem que ter paciência!.* [Dalva, 19, concluiu o Ensino Médio]

Ela também diz que *é bom, porque só assim que funciona, que se torna um grupo*, pois acredita que *um grupo é isto, é assim que funciona!* E conclui com uma visão que revela um sentimento comum ao Grupo M.B: *Aqui é tranqüilo, oi, oi, oi, numa boa, na paz, é bom! O relacionamento aqui é bom!*

Pertencimento, afeto, certeza de que se é importante para alguém ou um grupo de pessoas. Busca de novos campos de relacionamento e de formação de redes de sociabilidade que fornecem novas referências de mundo e valores, e que criam espaços aconchegantes, acolhedores:

> *Eu acho que não trocaria esse Grupo por nenhum outro. Aqui eu fiz muitas amizades, conheci muitas pessoas, fiquei superamiga da Pink, do Fuleruh, sabe? Fiz muitas, conheci muita gente, me aproximei de pessoas que antes não tinha muito contato [...] não trocaria por nenhum outro, podia ser o mais famoso, que já foi dirigido pelo mestre Bimba, pelo Mestre Pastinha [...] eu não trocaria!* [Manu, 15, 8ª série, noite]

O Grupo também é identificado por alguns jovens da "Galerinha" como realmente distinto, considerando-o e valorizando-o como espaço de aprendizagem. Espaço onde aprendem outros saberes advindos da oportunidade de organizar e participar de atividades diversas, que não teriam acesso com a mesma seriedade e profundidade. O monitor é visto por esses adolescentes como um modelo de ser independente, criativo, dinâmico e "caridoso". Veja-se o relato de um jovem que contou ter vários capoeiristas na família e já ter participado de outros grupos:

> *O que diferencia o Grupo M.B dos outros é que todo grupo é igual. O modo de ensinar... Os professores, aqui, não! O Jê [monitor] muda sempre alguma coisa, sempre está fazendo apresentações, dá aula pra meninos deficientes, que é raro ver algum professor dando aula para essas pessoas, e muda, assim, o jeito dele, porque, como ele não tem mestre, nem nada, ele faz as coisas por conta própria, sempre correndo atrás aqui, e ali [...] o que muda é isso. E, ele é muito responsável também!* [Manu, 16 anos, Ensino Fundamental, noite]

Para Doc, o principal no M.B, e em qualquer grupo, é a união e a amizade, e destaca a Roda – entendida como a Roda de Conversa – como espaço de ajuda mútua, de troca, de libertar-se de sentimentos ruins em relação a outros membros do Grupo:

> *Eu acho que quando você entra pra capoeira, quando você participa de qualquer tipo de grupo, um grupo é um grupo, é união, todo mundo, um amigo do outro, isso influencia muito, sabe? Você sabe conviver com as pessoas, não guardar rancor, igual nosso grupo mesmo, num tem isso. Se tiver algum problema, a gente senta na Roda e conversa, como já tem acontecido, entendeu? E ajudou também, na parte financeira, você vai ter plano, lógico, meus planos. É mais voltado pra ajudar as outras pessoas, mas ajuda a mim também, sabe?* [Doc, 19, 3° ano, Ensino Médio, noite]

Por essas falas, depreende-se que são muitos e distintos os significados do Grupo de Capoeira M.B na vida desses jovens.

Ele ocupa o lugar de outras atividades ou lugares que os jovens gostariam de participar e/ou realizar e não podem, como a ginástica, o balé, o cinema, o teatro. Os jovens criam uma auto-imagem positiva de si e dos outros e ampliam seus horizontes, perspectivas de vida e de futuro, e elaboram estratégias e caminhos alternativos. A escola também poderia ocupar ou dividir esse espaço! Porém, pela pouca abertura para as atividades e diálogo com os jovens, as possibilidades ficam ainda mais limitadas.

No Grupo de Capoeira, cada participante, a seu modo, encontrava referências, modelos e vislumbrava a possibilidade que os ajudava a se situarem dentro de um mundo em permanente mudança, como o que vivemos. Ele constituía, para muitos adolescentes, um ponto de apoio por meio do qual podiam comparar, compartilhar as diferentes experiências de vida, conciliar vivências por vezes contraditórias e transformá-las.

Mas o Grupo também era um espaço de conflito de várias ordens: conflitos provocados por causa da aparência física, dos papéis e lugares ocupados em seu interior, e por disputas entre os meninos e também entre as meninas.

Na maioria das vezes, porém, tais conflitos eram "postos na Roda", assim, discutidos, analisados, e cada um expunha seus sentimentos e opiniões. Dessa maneira, a maioria dos conflitos servia para unir mais o Grupo e fortalecer a autoridade do monitor, constituindo-se, na sua explicitação, em espaço de formação de opiniões e valores que conformavam aquelas identidades juvenis.

Muitos meninos contaram ter visto ou participado de uma Roda de Capoeira, sendo que alguns disseram ter visto ou praticado, desde pequenos, em seus bairros ou comunidades e que essas cenas teriam influenciado suas escolhas, demonstrando que essa prática faz parte do seu universo cultural. O depoimento de Doc sintetiza essa realidade:

> *Bem, meu nome é Doc, tenho 19 anos, estou cursando o 3°. ano do 2°. grau da Escola Sédna, né? E...vou contar como que a capoeira entrou na minha vida. Bem, entrou na minha vida quando eu era muito pequeno. Aí já era uma parte já, de brincadeira, um tipo de brincadeira que tinha na rua. A gente nem tinha muita coisa pra fazer, aí a gente fazia Roda de Capoeira em frente a casa, a gente marcava um dia, dava na telha, a gente ia fazia Roda de Capoeira. Mas, nesse tempo, a gente não tinha instrumentos, não tinha dinheiro pra comprar instrumento, né? Aí eu vou falar... improviso nosso. Começa com o berimbau, a gente não tinha dinheiro pra comprar cabaça, nem conhecia aquilo, fazia idéia, né? do que era. Aí a gente arrumava lata de neston, a lata de alumínio, ferro, né? Pegava lata de alumínio, servia como uma cabaça. Pegava qualquer madeira, num tinha berimbau, também, não sabia como fazer berimbau,*

tinha que ser com madeira de fazer berimbau, aí a gente pegava arame, amarrava e fazia o berimbau. Aí no caso do pandeiro é o mais engraçado! Pegava lata de goiabada, né? Cortava e fazia os detalhes certos do pandeiro e amassava tampinha de refrigerante colocava e saía o pandeiro [...]. [Doc, 19, 3º ano, Ensino Médio, noite]

Para muitos professores, os alunos são, geralmente, caracterizados pelo negativo, pelo que lhes falta. Alguns desses professores já trazem consigo uma imagem, uma definição de como os jovens deveriam ser e agir, percebendo os que não apresentam essas características como "desviantes", alguém que foge dos padrões normais de comportamento.

Como esses professores, eu também estava, como professora, cada dia mais atônita diante das situações vivenciadas em sala de aula na relação diária com os alunos, sem saber quem eram, o que pensavam, quais eram os anseios deles, qual o papel e o sentido da escola e da disciplina que lecionava na vida e nos projetos de futuro deles.

Observava o comportamento dos alunos em relação à indisciplina, a apatia e a pouca participação nas aulas e atividades da escola, compreendendo que estes demonstravam o pouco interesse que a instituição lhes despertava na vida. Os saberes transmitidos pareciam não significar muito para eles, e eu, como educadora, acreditava na importância da escola para a vida deles.

Guardando as devidas diferenças entre escola e Grupo, à medida que pesquisava fui entendendo que a capoeira era boa para pensar a escola, a relação entre educadores e educandos, mestres e aprendizes, e, também, sobre os jovens e suas relações com os saberes, valores e espaços educativos como a escola e os grupos culturais.

A Roda de Capoeira e a Roda de Conversa – espaços de saberes e aprendizados

É nesse sentido que entendi que, na capoeira, a Roda de Capoeira e a Roda de Conversa são bastante expressivas para se pensar a escola.

A Roda de Capoeira acontecia ao final dos treinos, especialmente nos dias de sábado e durante o período das férias. Havia um ritual composto por regras tradicionais da prática da capoeira que, segundo o monitor, precisavam ser conhecidas e respeitadas pelos alunos. Falcão (1996) entende a Roda de Capoeira como um universo simbólico, como "uma metáfora do espaço social". Portanto, não se restringe apenas a um ambiente físico, trata-se de um universo que reflete diversidades de relações de poder vigentes na sociedade.

Além disso, como em outras instâncias da vida social, na Roda de Capoeira configuram-se domínios culturais específicos, como na "casa" e na "rua" que, segundo Da Matta (1985), constituem universos sobre os quais os indivíduos alternam papéis sociais. Depois de um tempo de Roda, o monitor, por meio do berimbau, indicava, tocando num ritmo mais lento, que o jogo dentro da Roda também devia voltar a ser mais lento e, assim, os jovens, as músicas e as palmas o acompanhavam.

Se por acaso alguns alunos se empolgavam demais e ameaçavam deslizar para um embate violento, no intuito de resolver alguma desavença pessoal na Roda da Capoeira – contrariando a idéia de resolvê-los na Roda de Conversa – era através dos toques do berimbau que o monitor controlava os alunos e terminava o jogo, para não ter risco de alguém se machucar.

Dessa forma, no Grupo de Capoeira M.B, como conta a tradição, é por meio do berimbau que o professor comanda, imprime o ritmo e o estilo do jogo. Indo um pouco além, é por meio dele que o professor controla e exerce a mediação dos conflitos na Roda, simbolizando, assim, a mediação que realiza na lida concreta com os jovens, e mesmo suas famílias, no Grupo:

É assim, é emocionante, sabe? Esse momento ... sei lá, adrenalina, assim, que corre, o som do berimbau é muito bonito, eu sou muito ligada a música, a musicalidade, então o som do berimbau que faz com o atabaque, assim, sei lá, eu começo a arrepiar, assim, é muito bom! Nem muito pelo jogo mas pelo ambiente, pelas pessoas cantando, pela energia que está rolando, sabe?, é uma energia muito grande, sei lá, é muito bom! Ah! Só entrando pra saber, sei lá, montar escolas, ter aluno. Não! Eu quero ter um hobby, nada muito sério, uma profissão! Sabe você fica assim vendo o jogo, admirando, eu fico assim, admirando, né?, as pessoas jogarem, ouvindo o som, a música que toca ali. E as pessoas, todo mundo feliz, sei lá, é muito bom! [Dalva, 19, concluiu o Ensino Médio].

Para Pink, a Roda de Capoeira é

[...] é uma coisa.... é muito bom! Porque você chega lá na Roda, está todo mundo cantando, é uma coisa que você gosta de fazer, você se identificou com aquilo, com aquela, com aquilo. E aí está todo mundo jogando, muito axé, você esquece de tudo, você não está nem aí pra nada! Embora depois de acabar a Roda, na hora que sai, vira as costas, fica "supermal", mas naquela hora ali ... é uma maravilha! [Pink, 17, 2º ano, Ensino Médio, manhã]

A percepção da jovem Pink parece apontar para uma crença mágica no jogo da capoeira, como se a luta fosse real, mas logo em seguida tudo acaba e ela reconhece que a Roda é só metáfora, é somente a carnavalização, a sublimação que a conforma na rotina e na norma quando chega a quarta-feira de cinzas.

Para Jonhy, a Roda de Capoeira

é sempre o que dá mais emoção! Porque você treina, treina, treina para poder aprender fazer um movimento, aí na Roda, com todo mundo batendo palma, berimbau, aí você que mostrar pra muita gente o que você sabe, o que custou pra aprender, ah, faz na hora da Roda lá! A emoção é muita! A vontade é só jogar, você quer entrar, quer entrar pra poder jogar, bater palma, independente da música que eles estão tocando, porque tem muita música que eu gosto na capoeira que dá um Axé bom pra rodar, aí sinto, sinto até um arrepio pra poder entrar. E a vontade é só de entrar e poder jogar e responder coro também, que é gostoso. Fazer ficar feliz na Roda que dá pra esquecer muita coisa também, os problemas, na Roda é sempre bom! [Jonhy, 16 anos, Ensino Fundamental, manhã]

Mas no grupo cultural M.B, assim como na capoeira, tudo se resolve na Roda de Conversa.

Na Roda de Capoeira os jovens extrapolam suas energias, "esquecem de tudo", "desligam-se" dos problemas cotidianos e enfrentam medos e superam dificuldades. Porém, como eles mesmos expressam, quando acaba a Roda, tudo volta ao normal: os problemas, as preocupações cotidianas, os conflitos pessoais e interpessoais! Assim, no Grupo M.B, a Roda de Capoeira termina e... recomeça! Desta vez, com uma configuração e objetivos diferentes. É a Roda de Conversa!

Ah eu não gosto muito dessa roda não. Porque... É meio complicado, são pessoas com pensamentos muito diferentes. E tem hora que só uma prevalece e eu não acho legal. Eu acho que todo mundo tem que ter sua opinião e todas têm que ser levadas em consideração. Mas, é até bom! É onde a gente troca experiências, ali, né, onde a gente fala o que aconteceu, o que pode acontecer, é onde a coisa funciona, é até bom, assim, vai ver que eu não gosto porque tem que ter muita paciência. Mas é até bom, é ali que tudo funciona, onde a coisa funciona. No treino está todo mundo treinando, ninguém está conversando, olha como que é isso, como é isso, como é que é aquilo,

não... é ali na roda, de frente, todo mundo olhando pra cara do outro.
Assim. O que a gente chama de grupo, né?, funciona, sim, eu acho!
[Dalva, 19, concluiu o Ensino Médio]

Nessa Roda, os jogadores sentam-se em círculo, às vezes, no mesmo lugar onde jogaram e cantaram. O monitor fica no centro, geralmente em pé.

É do centro dessa Roda que ele passa os informes, organiza os eventos, planeja as ações com os alunos, e de onde, segundo os jovens, ele "faz suas pregações" para o Grupo. Ali é onde resolvem os problemas que vão surgindo entre eles e discutem os valores, expõem a visão de vida, de mundo, de juventude e também do que é um grupo. Nesses momentos da Roda, o monitor conversa com os jovens sobre diferentes assuntos, sobre relacionamento, comportamento, sexualidade, drogas, família, trabalho, responsabilidade com os estudos, namoros e tantos outros.

Depois que Roda termina, alguns dos jovens continuam a conversar sobre os assuntos que foram discutidos entre si e também com o monitor que, assim, em vários momentos, ocupa o lugar de conselheiro e de referência para esses adolescentes. Na Roda de Conversa, em dias e ocasiões específicos, os jovens trocavam de lugar com o professor e cada aluno vinha para o centro para ouvir o que os colegas pensavam sobre ele ou gostariam de lhe dizer.

Nesse processo, o próprio professor mudava de posição, sentando ao lado dos outros jovens, e, nessa posição, ouvia, em silêncio, o que cada aluno pensava sobre ele, sobre as aulas, sobre o que sentia, do que gostava ou não no Grupo e nas atitudes dele.

Essa Roda era um espaço de interação pedagógica e afetiva.

Aqui o jogo não acontecia ao som de atabaques e berimbaus, não se davam pernadas, aús ou rabos-de-arraia. Aqui, o jogo era com palavras e sentimentos. Uma Roda bastante singular, que diz muito para nós educadores sobre respeito, autoridade, relações de ensino/aprendizagem e, sobretudo, relação professor-aluno.

Na Roda conversava-se sobre os problemas de relacionamento entre os jovens no Grupo e também em outros espaços de convivência. Desse modo, as conversas se ampliavam para o condomínio onde moravam alguns desses jovens, a praça, a quadra de esportes, as Rodas e batizados de outros grupos de capoeira, as festas, os "barzinhos" que freqüentavam, enfim, para todos os lugares e espaços de vivências comuns.

Na Roda falavam sobre sentimentos, planos de futuro, valores e visões de mundo.

A Roda de Conversa era o lugar privilegiado para compreender a cultura daqueles jovens. No início eu não sabia se poderia ficar, ouvir e registrar esse momento, porém a abertura e a receptividade do Grupo foi total!

Nas primeiras vezes em que registrei as Conversas na Roda, alguns jovens, e mesmo o monitor, me olhavam e, às vezes, eu sentia que censuravam alguma coisa que iriam dizer, mas, com o passar do tempo, minha presença tornou-se mais habitual para o Grupo, e eles conversavam, aparentemente, sem nenhuma reserva.

Nos espaços e tempos dos treinos e Rodas estabeleciam-se fortes elos afetivos entre os jovens e o aprendizado de variados saberes. A esse respeito Charlot (2001, p. 20) diz:

> Aprender é apropriar-se do que foi aprendido, é tornar algo seu, é interiorizá-lo. Contudo, aprender é também apropriar-se de um saber, de uma prática, de

uma forma de relação com os outros e consigo mesmo que existe antes que eu a aprenda, exterior a mim.

Nos treinos, batizados, eventos e Rodas que presenciei, pude perceber a riqueza e a variedade de saberes que circulavam nesses espaços, onde os jovens eram constantemente postos em relação a eles. Relação ativa, dinâmica e também variada.

Pude ver os saberes que ali circulavam: *saberes ligados diretamente à pratica da capoeira* – como os golpes, os alongamentos, os cuidados com postura, rituais da Roda de Capoeira, tocar instrumentos como atabaques, berimbaus, pandeiros e xiquexixes, canto, dança, expressão corporal; *saberes relacionados aos códigos de inserção no grupo* – seja da forma de falar, de se vestir, de trançar e enfeitar os cabelos, das hierarquias, etc.; *saberes relacionados às trocas de experiências pessoais; valores* como união, respeito, sinceridade, tolerância, amizade, fraqueza, dentre outros; *posicionamento diante do mundo* – disciplina; *saberes relativos à distribuição espacial* – lateralidade, estudos da história do Brasil, da história da capoeira, da cultura afro-brasileira; e *saberes relativos à organização de eventos* – trabalho comunitário, exercício de cidadania, dentre outros.

A forma como ocorriam os aprendizados variava bastante, dependendo do tipo de saber. Geralmente seguiam uma certa trajetória ou percurso desenhando o que denominei de "trama circular". Essas trocas de experiência e de saberes partiam de diferentes pontos, como distintas também eram as chegadas.

Se fizermos um desenho desse movimento, chegaremos a uma imagem próxima de um tricô, muito utilizado nas cidades do interior de Minas Gerais – hoje quase desconhecido –, denominado "bordado circular", que era realizado em um pedaço de madeira sobre a qual pregos pequenos eram fincados e onde os fios das linhas eram trançados, configurando pequenos círculos que, depois, iam sendo costurados a outros, formando colchas, tolhas de mesa, cortinas, forros de bandeja e outras peças de uso decorativo e utilitário.

É possível uma representação gráfica espacial das posições dos alunos e do professor/monitor durante os treinos e Rodas.

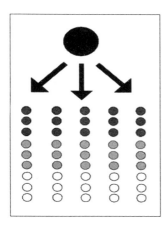

• *Primeira posição: formação inicial, sentido professor — alunos na vertical*, lembrando a forma tradicional dos treinos baseada nos métodos da Pedagogia Tradicional e, em particular, da Educação Física praticada a partir da década de 1930. Mantém uma forma espelhada na hierarquia militar, apresentando traços autoritários, no qual o saber parte do alto da quadra, onde se posiciona o professor e é distribuída aos alunos a partir da hierarquia do Grupo, estabelecida pela graduação.

Nessa perspectiva, o saber se deslocava do professor para os alunos e, nesse sentido, aparentemente contemplava o pressuposto de que o que se ensinava chegaria a cada aluno, de acordo com sua posição e capacidade. Muitos saberes, especialmente os ligados aos movimentos e golpes da capoeira, tinham este formato de distribuição.

É importante salientar, porém, que, apesar da forma herdada e mantida nesta perspectiva de uma Pedagogia

Tradicional e com marcas autoritárias, a postura do professor, tanto em relação ao saber quanto na relação com os aprendizes, não era de forma alguma autoritária.

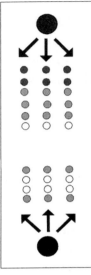

• *Segunda posição: começando a trama.* Após um primeiro momento na posição anterior indicada na figura, o professor estabelecia um intervalo e, ao voltar, já mudava um pouco a forma dos aprendizados. Ele dividia a turma em dois grupos. Um ficava sob sua coordenação e o outro, sob a coordenação de algum aluno.

Antes do batizado, essa coordenação era realizada pelos alunos mais experientes e assíduos. Após o batizado, passou a ser realizado pelos alunos com graduações mais elevadas.

Importante aqui é observar já existir certa divisão de papéis e responsabilidade entre o professor e os alunos.

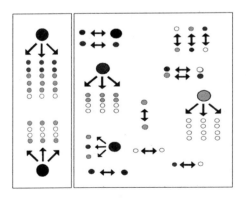

• *Terceira posição: diversificando a trama.* Nos intervalos dos treinos os jovens que nas primeiras posições estavam colocados em filas, formando linhas e colunas uniformes, se apropriavam do espaço da quadra, e de aprendizes passavam a professores, independentemente da idade ou do sexo.

A posição de professor e de aluno variava de acordo com o movimento a ser aprendido ou desenvolvido com maior rapidez, força, agilidade, dentre outros aspectos; e da habilidade de cada jovem no exercício desses movimentos. Nessa dinâmica, mapeando a quadra eu via surgir diferentes desenhos, configurações de modos e relações de aprendizagem.

Logo em seguida, percebi que algo semelhante ocorria no treino, quando, após um momento com todo o Grupo, eram compostos grupos, subgrupos, duplas, trios, com os jovens trocando e interagindo nos papéis de aprendizes e professores.

Nessa segunda formatação, o professor dividia seu papel com os alunos mais graduados, ora dividindo a turma em dois ou três grupos menores, ora redesenhando grupos nos quais os alunos trocavam e alternavam de posição, ensinando e aprendendo entre os pares, enquanto o professor apenas coordenava e corrigia algum movimento ou golpe que não estivesse sendo praticado adequadamente.

• *Quarta posição: a formação da trama circular.* Posição em círculo: *a Roda se forma!* Nessa dinâmica, diversos saberes circulavam entre os jovens posicionados em torno do círculo e entre os jovens e o professor que ocupava, na maioria das vezes, o centro da Roda, de onde transmitia informações diversas e oportunizava debates sobre valores, comportamentos e posturas entre os jovens e, juntos, elaboravam estratégias

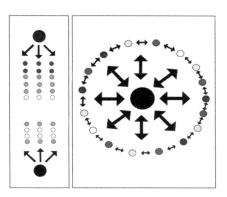

para solucionar problemas de relacionamentos interpessoais e de organização dos eventos do Grupo, estabelecendo situações dialógicas e comunicativas.

- *Quinta posição: desenhando novo tricô!* Durante a pesquisa, em vários encontros, observei que o professor trocava de lugar com os alunos. Ele se posicionava no círculo, ao lado dos alunos e, assim, um dos alunos vinha ocupar o centro da Roda.

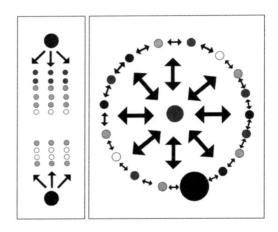

Nessas trocas, o professor sempre falava o que estava sentindo ao perceber o Grupo, principalmente em relação aos conflitos interpessoais.

Mas nessa posição ele rompia claramente com seu privilégio de falar, de nomear e definir, e permitia que os jovens falassem, o que lhes dava poder de participar do discurso e das representações *do* e *no* Grupo, e sobre eles mesmos, ao mesmo tempo em que lhes permitia que assumissem, mesmo que por alguns minutos, o centro da Roda, o protagonismo no cenário.

As cenas descritas, problematizadas e analisadas no campo do Grupo de Capoeira M.B reiteraram minhas crenças quanto à possibilidade e à necessidade do reconhecimento desses espaços como formadores de valores, identidades e aprendizados juvenis.

O Grupo de Capoeira M.B pode ser compreendido como instância educativa que, assim como a instituição escolar, precisa receber dos cursos de pós-graduação em Educação atenção e estímulo ao desenvolvimento de dissertações e teses que se aprofundem nas reflexões sobre as culturas juvenis construídas nesses espaços, bem como os saberes e as formas como são produzidos, transmitidos e trocados entre os jovens e, sobretudo, entre educadores e educandos.

Fechando as cortinas – juventude e escola brasileiras: desafios e dilemas

Sem pretensão de fazer generalizações que caibam a todos os casos, talvez possamos fazer alguns apontamentos que encarnem os desafios e dilemas que atravessam as relações escola/professor/aluno. Apontamentos que, provavelmente, ofereçam subsídios a fim de pensar as relações e os processos de aprendizagem com que temos, nós, professores e professoras, de lidar em nossa prática diária de educadores.

Anotação do caderno de campo

1) De um lado uma professora preocupada com o futuro de seus jovens alunos, que, em seu entendimento, precisavam aprender o conteúdo definido para a série que estavam cursando, porque senão poderiam não passar no vestibular e assim, prejudicar o futuro deles. Por outro lado, um grupo grande de alunos que, segundo a visão da professora, não se mostravam interessados em aprender. Apesar das várias tentativas de diálogo, os alunos continuavam a passear pela sala de um lado para o outro e conversavam todo

o tempo em que a professora tentava explicar a matéria e corrigir os exercícios. Essa situação, segundo depoimentos, parecia ser comum a vários outros professores com esta mesma turma.

2) Em uma determinada noite, os alunos vieram na coordenação reclamar da professora, contando que ela havia conversado com a turma e dito que iria dividir a turma em dois lados. De um lado ficariam os que queriam estudar e do outro lado da sala ficariam os que não queriam estudar. Ela então daria aula somente para aqueles que se sentassem do lado da sala indicada para os que queriam estudar e os "outros ela iria deixar de lado".

3) A professora relatou que a turma reagiu de uma forma "muito forte, descendo para a coordenação". Quando a turma desceu, um aluno teria se aproximado dela e dito: "Professora, isto não vai dar certo", e explicou que os próprios alunos, quando chegam à sala de aula, dividem a sala em dois lados. A divisão é definida pela rua que os alunos moram na favela Júpiter, próxima à escola. Então, alguns não podem sentar-se perto dos outros por causa da lei estabelecida pelo tráfico de drogas da favela. A professora se espantou muito, pois ela desconhecia essa divisão e muito menos conhecia que essa lei, estabelecida pelo tráfico no morro, interfere na própria organização e distribuição dos lugares e relacionamento dentro da sala de aula.

Essa cena anotada no caderno de campo evidencia que o desconhecimento ou desconsideração da existência dessas variadas lógicas que atravessam as relações escola/professor/aluno tem dificultado as relações de *aprendizagem*, chegando a interferir na organização escolar.

Mostra, também, quanto o desconhecimento da escola dessa sua situação de fronteira, de espaço intermediário entre estes universos culturais cindidos – o mundo, regras, valores, rituais dos jovens moradores "lá de cima" e o mundo dos jovens situados no espaço social "de baixo" – opera como barreira entre grupos e projetos.

É preciso destacar que a relação juventude, grupos e expressões culturais, no contexto atual, apresenta configurações distintas e complexas que trazem questões próprias da época em que vivemos na contemporaneidade, principalmente nas grandes metrópoles.

Como indica a literatura sobre juventudes no Brasil, a primeira dessas características é a especificidade do segmento social que protagoniza a contemporânea trama cultural juvenil, segmento historicamente excluído dos cenários político, educacional e cultural brasileiros: os jovens moradores dos bairros das periferias e aglomerados dos grandes centros urbanos. Assim, para as escolas e os educadores que recebem e se relacionam com esses jovens e contextos torna-se fulcral conhecer, problematizar e discutir sobre esses jovens, grupos e suas relações com práticas e valores escolares.

A segunda característica refere-se ao contexto peculiar no qual esses jovens das classes populares estão inseridos, contexto marcado por novas e complexas relações em que, por um lado, se encontram excluídos do acesso a uma cidadania plena, do mercado de trabalho, muitos deles, da própria escolarização, bem como dos espaços e bens culturais das grandes metrópoles. Por outro lado, contraditoriamente, inseridos, por meio da indústria cultural em uma cultura mundial globalizada, tendo acesso a distintas e diversas referências, estilos, informações e influências, que são ressignificadas e transmutadas em novas e diferentes configurações, valores e referências expressas em seus peculiares modos de falar, vestir-se, andar e relacionar-se.

Diante desse cenário, urge que, nós, educadores, procuremos saber quem são esses jovens, quais os sentidos e significados dos seus grupos culturais, que saberes circulam ou são construídos nesses espaços, que influências recebem e como as recebem e as ressignificam. E, principalmente, o que as questões postas por esses jovens nesses diferentes cenários tem a dizer sobre a escola e para nós educadores.

Essas questões podem apontar caminhos para que encontremos o lugar da escola na vida desses jovens. Mas, para isso, é imprescindível que conheçamos e reconheçamos as diferentes culturas de que seus alunos são portadores. As culturas juvenis constituem um tema provocador e um campo ainda em aberto para a educação.

Os professores, em geral, percebem a existência concreta de uma divisão, denominada por alguns de um "abismo" entre as culturas dos alunos e "cultura universal", a qual deveria ser transmitida pela escola.

Na opinião de três dos quatro professores com quem conversei, as culturas dos jovens "entram em choque" com os valores que a escola transmite, pois acreditam que "os valores são outros", quais sejam: respeito, honestidade, compromisso, cidadania, educação, esforço e dedicação aos estudos, disciplina, parceria com alunos e com a família.

Três desses professores, dos turnos da noite e da manhã, queixaram-se da dificuldade em lidar com alunos portadores de valores diferentes dos valores deles e da escola.

Para eles, é difícil identificar claramente quais seriam os valores dos alunos e acabam dizendo de uma possível ausência destes ou comparando-os aos valores deles mesmos e aos da escola, e atribuem aos alunos valores contrastivos aos primeiros, e, assim, percebidos pela negatividade.

Quando questionados sobre os valores que os jovens alunos trazem para a escola, três professores identificaram a existência de divergência com os valores da escola e com os deles próprios. Os mais citados com referência aos alunos foram: valores associados à demonstração de força e poder, rebeldia, desafio, contradição com os valores da escola:

> *Muitas vezes é difícil para os alunos respeitarem as regras da escola, por quererem impô-las. Existe um choque de valores, o que dificulta o trabalho.* (P.M)

Estes mesmos professores, porém, diziam ter preocupação e interesse em conhecer mais os alunos, entender mais sobre os valores, as visões de mundo e expectativas de futuro deles e sobre a escola. Conhecimentos que os auxiliaria, e também à escola, a se aproximar dos jovens, permitindo realizar

> *intercâmbio do que trazem com os novos conhecimentos, o que não deixa de causar um choque cultural. Às vezes ou sempre... Eles (os jovens) trazem a sua cultura e não se interessam por outras culturas.* [P.J]

Na percepção desse professor, existe "atualmente uma extrema valorização das manifestações culturais dos jovens". Essa "ênfase no jovem", associada

> *a sua tendência natural à contestação, formou uma aura em torno das tribos e suas manifestações comportamentais, levando a uma idéia para a juventude de que tudo é permitido.* [P.J]

Acredita esse professor, ainda, que os jovens buscam a escola mais como um espaço de socialização do que de aquisição de conhecimento, e não estão abertos a conhecer outros referenciais culturais que não os do Grupo ou comunidade de pertencimento.

Um número menor de professores, tanto do noturno quanto do diurno, demonstrou ter um conhecimento mais profundo sobre o Grupo, como também de alguns alunos que dele participavam.

Para um desses professores, o Grupo torna-se, muitas vezes, um "ente" no qual os jovens se sentem seguros, um "lugar" para se identificar, formar valores, onde a alegria da juventude encontra espaço.

> *Deles, jovens, né?, é exigido honestidade, lealdade, é exigido força física, disciplina, é exigido colaboração né? É exigida a alegria de viver, tem a cobrança de que você não estudou, não pode ficar. É quase como substituir a cobrança paterna. Então a capoeira muitas vezes ocupa até o lugar dos pais. Também não significa que os pais estão omissos nisso. Eles também estão sem jeito de ser pais. Sem jeito de cobrar e sem jeito até de ser humano, também sem espaço nenhum. [P.R]*

Na opinião de P.S, a presença do Grupo de Capoeira M.B na Escola Sédna é positiva, é *uma oportunidade importante de desenvolvimento de valores relacionados com a disciplina, a cooperação, o acatamento.* Porém, ela considera *uma pena que tais atitudes fiquem restritas à capoeira.*

Na percepção dessa professora, os alunos não transferem para a escola as atitudes e os valores que desenvolvem no Grupo de Capoeira.

Para P.M, *a capoeira aproxima os alunos da escola [...] resgata alguns valores.* Mas, concordando com a professora acima, acredita que *esses valores se perdem; não são transpostos para a vida e, sim, para o momento* (a capoeira).

Por meio da pesquisa de campo, aproximei-me do universo cultural dos jovens estudantes da Escola Sédna e participantes do Grupo de Capoeira M.B. Pude conhecer um pouco sobre seus valores, sonhos, projetos de futuro e sentidos e significados atribuídos à escola e ao grupo dentro deles.

Um primeiro aspecto a considerar, já evidenciado no percurso até aqui descrito neste livro, é o fato de que o Grupo de Capoeira está na escola, se encontra na escola, mas não faz parte da escola! Com exceção do projeto Sexta-Cultural e da sua apresentação no evento de encerramento da Feira de Cultural em 2002, apenas em alguma situação muito peculiar que exigia a comunicação entre o responsável pelo Grupo e a direção da escola, se estabelecia algum diálogo entre o Grupo e a escola.

Durante o período desta investigação, pareciam dois mundos distintos coabitando em um mesmo espaço.

A observação do cotidiano escolar e dos encontros e eventos do Grupo de Capoeira, tendo alguns jovens como transeuntes comuns e constantes entre os dois cenários, permitiu-me perceber que, apesar do quase inexistente diálogo entre escola e grupo, nas vivências e deslocamentos cotidianos desses jovens, estes "cosmos culturais" aparentemente cindidos dialogavam, trocavam saberes, valores e experiências, sem que isso fosse percebido e/ou compreendido pelos jovens e mesmo pelos docentes.

Outro aspecto a ser considerado é que os jovens que conheci e com os quais convivi, durante esse longo tempo de imersão no campo, estão muito distantes dos estereótipos e imagens que a mídia veicula sobre eles. Não encontrei nesse percurso o jovem "individualista", "consumista" e "alienado", tampouco jovens pobres violentos, agressivos e destituídos de valores como respeito, família, honestidade.

Nos dez meses em que convivi com o Grupo de Capoeira M.B, conheci jovens afetuosos, abertos ao diálogo, solidários, participativos, criativos e cheios de sonhos e projetos de futuro, apesar das inúmeras adversidades que encontram em seu viver cotidiano.

Conforme evidenciado aqui, esses jovens estão em busca ou construindo caminhos e estratégias para alcançar um *lugar próprio para si*. Nesse singular universo juvenil pesquisado, o que mais impressiona é a pluralidade de vivências e trajetórias juvenis que abrigam tantas histórias e configurações diferentes.

Esses fatos permitem questionar a utilização de diversas categorias, como "juventude", "jovens moradores de regiões periféricas", "jovens estudantes de escola pública" e, mesmo, "juventude urbana", já que, dentro dessas macro-categorias pode-se encontrar um universo muito diversificado de formas de viver a juventude, diferentes expressões e configurações de culturas juvenis e escolas. Por outro lado, não há como negar que esses jovens partilham, mesmo que em dimensões e formas nuançadas, da dupla exclusão social em que a população juvenil urbana brasileira se encontra inserida e da falsa inserção social via mídia e indústria cultural.

Assim, nesse contexto são elaborados saberes práticos e cotidianos com os quais os jovens buscam construir estratégias e táticas diferenciadas para sair, resistir ou mesmo forjar caminhos diferentes daqueles já postos em seu viver cotidiano.

Esses caminhos individuais confluem e são partilhados nos grupos de pares, seja de amigos, colegas da escola, da vizinhança, família, ou no grupo de capoeira.

Em suas estratégias e trajetórias, escola e grupos se encontram e se complementam.

Aqui, nesta investigação, fica evidente que uma escola pública, como a Sédna, é um espaço onde essas várias juventudes se encontram e as diferenças se cruzam e se mesclam, e, entendo eu, essa instituição seria um lugar privilegiado para a comunicação intercultural e para a constituição de sujeitos que conciliam sua "cultura particular" com a participação no mundo.

A pesquisa também indicou que essa diversidade tem sido mais um dificultador das relações escola e culturas juvenis, até mesmo pela própria característica da cultura da escola, que tende a homogeneizar as imagens, os comportamentos e, dessa forma, as relações que estabelece com os alunos.

A esse fato acrescenta-se a rotina pesada, as duplas ou triplas jornadas dos docentes e seus modos costumeiros de funcionar, dificultando, ainda mais, o conhecimento e o reconhecimento de oportunidades de relações mais dialógicas com as culturas juvenis.

É necessário destacar, porém, que, mesmo diante desse contexto, alguns docentes buscavam sair desse lugar de alienação e, coletivamente, refletiam e tentavam criar novas e diferentes formas de atrair o aluno, seduzi-lo a permanecer na escola e travar relações mais ricas, prazerosas e significativas com os saberes, espaços e atividades escolares.

Muitas vezes, os valores e os jovens são definidos pela ausência ou pela oposição aos valores dos docentes e da instituição escolar. Mesmo os docentes mais preocupados e dispostos ao maior diálogo e conhecimento dos jovens e suas expressões culturais se mantinham presos a imagens negativas desses jovens com quem trabalhavam.

A primeira dessas imagens é a do jovem rebelde, agressivo, "do contra", indisposto ao diálogo, ou o contrário: disposto ao embate e ao confronto com a autoridade e valores dos docentes e instituição.

A segunda é a sobreposição entre as imagens de jovens e alunos. O jovem, como aluno, está na escola na condição de aprendiz *dos* e *com os* professores. Essas imagens sobrepostas não permitem aos educadores enxergá-los como participantes, interlocutores, ou – invertendo e brincando com Guimarães Rosa – como "de repente aquele que ensina".

No meu entendimento, as relações entre jovens e a Escola Sédna eram prejudicadas pela ausência de um diálogo maior entre os professores e alunos, diálogo somente alcançado pela escuta aberta e reconhecimento desses alunos jovens como possíveis co-autores de iniciativas, como a do Projeto Sexta Cultural no turno da noite.

Ali, professores e equipe pedagógica assumem, mesmo sem ter certeza quanto aos resultados, mudar o habitual, tentar outra rota, dialogar com o que vem da literatura, dos parâmetros curriculares do MEC e da própria realidade exposta muito mais "densa" neste, o noturno, que é, sem dúvida, um turno que tem "uma outra história".

Indo um pouco mais longe, esse diálogo somente seria possível à medida que os docentes reconhecessem nos jovens capacidades e saberes que lhes outorgassem a condição de interlocutores, assumindo maior protagonismo nas oficinas e outras atividades escolares, como foi observado no Grupo de Capoeira M.B, e evidenciado nos estudos históricos de Davis e Fabre, bem como na literatura atual sobre juventude e culturas juvenis.

"Pensar com a história" me permitiu compreender que é possível e necessário abrir espaço para os alunos adolescentes e jovens e, mais do que isso, estimular e criar condições para que eles exerçam, na instituição escolar, maior protagonismo nos planejamentos e coordenação de eventos culturais e pedagógicos, e também dos projetos escolares.

Maior parceria e, também, maior diálogo entre professores e alunos podem oportunizar a estes últimos sair da condição de platéia, de espectadores na qual a cultura escolar os mantém, estimulando-os ao estudo dos conteúdos e saberes escolares e dando-lhes um sentido para a escola no presente, e não no futuro apenas.

Por outro lado, essa parceria e esse diálogo podem contribuir para o próprio trabalho docente e para a sobrecarga de trabalho e responsabilidade dos professores e, assim, creio eu, contribuir até mesmo, para melhorar a relação professor-aluno, e, assim, a de ensino-aprendizagem.

Apesar da dificuldade de diálogo e reconhecimento entre culturas juvenis e escola, tanto a instituição Escola Sédna quanto o Grupo de Capoeira M.B eram percebidos e usufruídos pelos jovens como espaços de socialização, formação e inserção social e, portanto, espaços educativos e significativos na construção identitária deles.

Eram também partes fundamentais em suas estratégias de futuro, de acordo com condições e expectativas diferenciadas desses jovens, advindas das condições concretas de pertencimento, inserção econômica, social e cultural deles.

Ao contrário da percepção dos professores entrevistados – e do que eu mesma supunha –, não observei divergências, discrepâncias ou abismos culturais entre o mundo da escola e o mundo dos jovens, aqui me referindo aos valores dos docentes e dos jovens.

Conforme exposto neste livro, as falas de professores e dos alunos ou ex-alunos da escola pesquisados indicam a presença e a defesa dos mesmos valores: respeito, união, amizade, conhecimento, trabalho e honestidade, dentre outros.

O que percebi, depois desta longa descrição e análise, é que, às vezes, a diferença está nos sentidos atribuídos, nas interpretações que docentes e educandos atribuem para esses mesmos valores, o que indica a necessidade de maior diálogo para perceber essas diferenças.

Isso parece indicar que os conflitos identificados no discurso docente – inclusive no meu e no da literatura educacional –, como expressão de um abismo entre o mundo da escola e o mundo do jovem, evidenciam, na verdade, incapacidade ou ausência de diálogo, provocadas pelo desconhecimento mútuo entre os participantes de um mesmo mundo e contexto, cindidos pela ausência e exercício de reconhecimento das alteridades e de comunicação efetiva.

Referências

ABRAMO, Helena Wendel. *Cenas juvenis: punks e darks no espetáculo urbano*. São Paulo: Scrittta, 1994.

ARROYO, Miguel G. Nova identidade da escola e de seu profissional. Carpe Diem, 1995. Entrevista. *Apud* SOARES, Claudia Caldeira. *Reinventando a escola:* os ciclos de formação na escola plural. São Paulo: Annablume; Belo Horizonte: CPP, 2002.

BADARÓ, Ramagem. Os negros lutam suas lutas misteriosas. In: MOURA, Jair. *Mestre Bimba*: a crônica da capoeiragem. Salvador: Jair Moura, 1993. p. 70-77.

BEOZZO, José Oscar. Para uma liturgia com rosto latino-americano. *REB*, Petrópolis, n. 49, fasc.195, set. 1989.

BOURDIEU, Pierre. A juventude é apenas uma palavra. In: BOURDIEU, Pierre. *Questões de sociologia*. Rio de Janeiro: Marco Zero, 1983.

BRUHNS, Heloisa Turini. *Futebol, carnaval e capoeira*: Entre as Gingas do Corpo Brasileiro. Campinas, São Paulo: Papirus, 2000. p. 23–54.

CANCLINI, Nestor. *Culturas híbridas*: estratégias para entrar e sair da modernidade. São Paulo: Editora Universidade de São Paulo, 2000.

CANCLINI, Nestor. *A globalização imaginada*. São Paulo: Iluminuras, 2003.

CAPOEIRA é arte. Associação de Capoeira Cais da Bahia. Belo Horizonte [2000?]

CARDOSO, Ciro F.; VAINFAS, R (Org.). *Domínios da história*: ensaios de teoria e metodologia. Rio de Janeiro: Campus, 1997.

CARRANO, Paulo César Rodrigues. Identidades Juvenis e Escolas. *Revista de Educação de Jovens e Adultos*: jovens, escola e cultura, São Paulo, n.10, p. 9-18, nov. 2000.

CARRANO, Paulo César Rodrigues. *Juventudes e cidades educadoras*. Petrópolis: Vozes, 2003.

CERTEAU, Michel de. *A cultura no plural*. Campinas: Papirus, 1995.

CERTEAU, Michel de. *A invenção do cotidiano*: a arte de fazer. Campinas: Papirus, 1999. v. 1 e 2.

CERTEAU, Michel de; GIARD, Lucy; MAYOL, Pierre. *A invenção do cotidiano*: morar e cozinhar. 5. ed. São Paulo: Vozes, 2003.

CHARLOT, Beranrd (Org.). *Os jovens e o saber*: perspectivas mundiais. Porto Alegre: Artmed, 2001.

DA MATTA, Roberto. *Carnavais, malandros e heróis*: para uma sociologia do dilema brasileiro. 5. ed. Rio de Janeiro: Guanabara, 1990.

DA MATTA, Roberto. *A casa e a rua: espaço, cidadania, mulher e morte no Brasil*. Rio de Janeiro: Rocco, 1997.

DARNTON, Robert. *O grande massacre dos gatos: e outros episódios da história cultural francesa*. Rio de Janeiro: Graal, 1986.

DARNTON, Robert. *Berlin journal*: 1989-1990. NY-Londres: W.W. Norton, 1991.

REFERÊNCIAS 151

DARNTON, Robert. *O beijo de Lamourette*: mídia, cultura e revolução. São Paulo: Companhia das Letras, 1990.

DAVIS, Natalie Zenon. *Culturas do povo*: sociedade e cultura no início da França moderna. Rio de Janeiro: Paz e Terra, 1990.

DAYRELL, Juarez. Juventude, grupos de estilo e identidade. *Educação em Revista*, Belo Horizonte, n. 30. dez. 1999.

DAYRELL, Juarez. *O jovem como sujeito social*. Faculdade de Educação da UFMG, 2002. Texto digitado.

DAYRELL, Juarez. *A música entra em cena: o rap e o funk na socialização da juventude em Belo Horizonte*. 2001. Tese (Doutorado em Educação) – São Universidade de São Paulo, Paulo, 2001.

DAYRELL, Juarez. *Múltiplos olhares sobre educação e cultura*. Belo Horizonte: Editora UFMG, 1999.

EZPELLETA, Justa; ROCKWELL, Elsie. Pesquisa participante. In: EZPELLETA, Justa; ROCKWELL, Elsie. *Relato de um processo inacabado de construção*. São Paulo: Cortez, 1989.

FABRE, Daniel. Ser jovem na aldeia. In: LEVI, Giovanne; SCHMITT, Jean-Claude (Org.). *História dos jovens*. São Paulo: Companhia das Letras, 1996. p. 49-82.

FALCÃO, José Luiz Cirqueira. *A escolarização da capoeira*. Brasília: ASEFE; Royal Court, 1996.

GEERTZ, Cliford. *A interpretação das culturas*. Rio de Janeiro: LTC, 1989.

GOMES, Nilma Lino. Cultura negra e educação. *Revista Brasileira de Educação*, n. 23 (número especial), p. 75-85, maio/jun./jul./ago. 2003.

GUIMARÃES, Heloisa. *Escolas, galeras e narcotráficos*, 2002. Rio de Janeiro: UFRJ, 1998.

GRUZINSKI, Sergei. *O pensamento mestiço*. São Paulo: Companhia das Letras, 2001.

152 COLEÇÃO CULTURA, MÍDIA E ESCOLA

HELLER, Agnes. *O cotidiano e a história*. São Paulo: Paz e Terra, 2000.

HERXCHMANN, Micael. (Org.). *Abalando os anos 90*: funk e hip-hop, globalização, violência e estilo cultural. Rio de Janeiro: Rocco, 1997.

HOBSBAWM, Eric. *Era dos extremos*: o breve século XX – 1914-1991. São Paulo: Companhia das Letras, 1995.

IZQWIERDO, Maria Jesús. Uso y abuso del concepto de género. In: IZQWIERDO, Maria Jesús. *Pensar las diferencias*. Barcelona: ICD/Universitat de Barcelona, 1994. p. 31.53.

JUVENTUDE, escolarização e poder. *Observatório jovem*. Disponível em www.observatóriojovem.htm. Acesso em; 15 mar. 2004.

LARAIA, Roque de. *Cultura*: um conceito antropológico. Rio de Janeiro: Zahar, 2001.

LEVI, Giovanne; SCHMITT, Jean-Claude (Org.). *História dos jovens*. São Paulo: Companhia das Letras, 1996.

LIMA, Ari. Funkeiros, timbaleiros e pagodeiros: notas sobre juventude e música negra na cidade de Salvador. *Cadernos CEDES* – versão impressa. ISSN 0101-3262, 2002.

MAGNANI, José Guilherme Cantor. *De perto e de dentro: notas para uma etnografia urbana*. Disponível em: www.revista brasileiraantropologia,http. Acesso em: 15 fev. 2004.

MAGNANI, José Guilherme Cantor. *Festa no pedaço*: cultura popular e lazer na cidade. São Paulo: Hucitec; Brasiliense, 1984.

MAGRO, Viviane Mendonça. Adolescentes como autores de si próprios: cotidiano, educação e o hip-hop. *Cadernos CEDES* – versão impressa. ISSN 0101 –3262, 2002.

MCLAREN, Peter. *Rituais na escola*. Petrópolis, RJ: Vozes, 1992.

NOVAES, Regina Reyes. Juventude e participação social: apontamentos sobre a reinvenção da política. In: ABRAMO, Wendel et al. (Org.). *Juventude em debate*. Rio de Janeiro: DPA, 1999. p. 46-70.

NOVAES, Regina Reyes. Pentecostalismo, política, mídia e favela. In: VALLA, Victor Vicente. *Religião e cultura popular*. Rio de Janeiro, DP&A, 2001.

REIS, Letícia V.S. *Negros e brancos no jogo da capoeira: a reinvenção da tradição*. 1993. Dissertação (Mestrado em Educação) – Universidade de São Paulo, São Paulo,1993.

SAMARA, Eni de Mesquita (Org.). *Historiografia brasileira em debate*: olhares, recortes e tendências, São Paulo: Humanitas, FFCH/USP, 2002.

SAVIANI, Dermeval. Análise crítica da organização escolar brasileira através das leis 5.540/68 e 5.692/71. In: GARCIA, W. E. (Org.) *Educação brasileira contemporânea*: organização e funcionamento. 3. ed. Rio de Janeiro: McGraw-Hill do Brasil, 1981.

SOARES, Cláudia. *Reinventando a escola*: os ciclos de formação na escola plural. Belo Horizonte: CPP, 2002.

SPÓSITO, Marília Pontes. *O povo vai a escola*: a luta popular pela expansão do ensino público em São Paulo. São Paulo: Loyola, 2002.

SPÓSITO, Marília Pontes. Estado do conhecimento sobre juventude e educação. São Paulo: INEP, 2002. Disponível em: <http://www.inep.gov.br>. Acesso em: set. 2002.

SPÓSITO, Marília Pontes. Juventude: crise, identidade e escola. In: DAYRELL, Juarez (Org.) *Múltiplos olhares sobre educação e cultura*. Belo Horizonte: Editora UFMG, 1996.

SPÓSITO, Marília Pontes. Juventude e protagonismo social. *Observatório da Educação e Juventude*. Disponível em: <http//www.controlesocial.org.br/notmídia> . Acesso em: 8 fev. 2004.

SHORCKER, Carl. *Pensando com a história: indagações na passagem para o modernismo*. São Paulo: Companhia das Letras, 2001.

TOSTA, Sandra de F. Pereira. *Escola de comunicação da PUC Minas*: um projeto pedagógico na relação igreja e sociedade. 1989. Tese (Mestrado em Educação) – Faculdade de Educação da Universidade Federal de Minas Gerais. Belo Horizonte, 1989.

TOSTA, Sandra de F. Pereira. *A missa e o culto vistos do lado de fora do altar*. 1999. Tese (Doutorado em Ciências – Antropologia Social) – Universidade de São Paulo, São Paulo, 1999.

TOSTA, Sandra de F. Pereira. Antropologia e educação. *Educação*: Revista do Departamento de Educação da PUC Minas. BA: Rumark, 1999.

VIANNA, Hermano (Org.). *Galeras cariocas*: territórios de conflitos e encontros culturais. Rio de Janeiro: Editora UFRJ, 1997.

ZALLUAR, Alba. Gangues, galeras e quadrilhas: globalização, juventude e violência. In: VIANNA, Hermano (Org.). *Galeras cariocas*: territórios de conflitos e encontros culturais. Rio de Janeiro: Editora UFRJ, 1997. p.17-58.

ZALLUAR, Alba. *A máquina e a revolta*: as organizações populares e o significado da pobreza. São Paulo: Brasiliense, 1985.

ZALUAR, Alba; ALVITO, Marcos (Org.). *Um século de favela*. Rio de Janeiro: Editora FGV, 2003.

QUALQUER LIVRO DO NOSSO CATÁLOGO NÃO ENCONTRADO NAS
LIVRARIAS PODE SER PEDIDO POR CARTA, FAX, TELEFONE OU PELA INTERNET.

Rua Aimorés, 981, 8° andar – Funcionários
Belo Horizonte-MG – CEP 30140-071

Tel: (31) 3222 6819
Fax: (31) 3224 6087
Televendas (gratuito): 0800 2831322

vendas@autenticaeditora.com.br
www.autenticaeditora.com.br

ESTE LIVRO FOI COMPOSTO COM TIPOGRAFIA BASKERVILLE
E IMPRESSO EM PAPEL OFF SET 75 G. NA SERMOGRAF ARTES GRÁFICAS.